関東郡代　記録に止《とど》めず

家康の遺策

上田秀人

幻冬舎時代小説文庫

関東郡代　記録に止《とど》めず
家康の遺策

目次

第一章　幻の遺品

一

馬喰町《ばくろ》の馬場は、幕府の旗本たちが馬術の稽古を積むために設けられた。しかし、泰平が長く続くと、武術は廃《すた》れ、いまでは、馬術の家柄か、あるいは乗馬を趣味とする者でなければ、馬場を使うこともなくなっていた。

「はいっ」

家臣に轡《くつわ》を取らせながら、関東郡代《ぐんだい》伊奈《いな》半左衛門《はんざえもん》忠宥《ただおき》は、ゆっくりと馬を走らせていた。

「もう少し、強めに入れられまするか」

轡を持っている家臣が、手を離すかどうか訊いてきた。

「うむ。そうだの。久しぶりに駆けてみるか。馬もこのままでは、不足であろう」

半左衛門は、手綱をしっかりと握りなおした。

「では、お気をつけられて」

併走していた家臣が、轡から手を離し、下がっていった。

「はいっ」

馬の腹に軽く蹴りを入れて半左衛門は、上体を前へ倒した。

手綱を緩められた馬が、速度をあげた。

残照に彩られた江戸の町屋が走馬灯のごとく、半左衛門の左を過ぎていった。

馬場といったところで、長さは一丁半（約百六十メートル）ほどしかない。

「どうどう」

すぐに半左衛門は手綱を引き絞った。

首を後ろへ引っ張られた馬が、勢いを失っていく。

「すぐに参りまする。そこでお待ちくださいませ」

付いていた家臣が、一丁（約百十メートル）ほど後ろから声をかけた。

「風が気持ちよいな」

　久しぶりの騎乗に半左衛門は、日頃の激務から解放されていた。

　関東郡代の役目は、関八州《かんはっしゅう》の天領すべての行政を取り扱う。年貢の取り立てから、犯罪人の捕縛、街道の整備から新田の開発とその任は多岐広範囲にわたった。

　何かあれば、遠く離れた代官陣屋まで出向かなければならないのだ。それも駕籠《かご》に乗ってなどと悠長なことをいってられない場合がほとんどである。

　伊奈半左衛門にとって馬術は趣味ではなく、実務であった。

「走らずともよい。ゆっくりでいい」

　急いで家臣が近づいて来るのへ、半左衛門は手を振った。

　いつもより高いところから、日暮れていく江戸の町を見るのは、半左衛門の気持ちを穏やかにさせていた。

「伊奈半左衛門だな」

　いつのまにか、半左衛門の近くへ、数人の侍が近づいていた。

「何者ぞ」

　誰何《すいか》に答えず、半左衛門は訊いた。

「我らと共に来てもらおう。命が惜しくば、黙ってしたがえ」

侍たちが半左衛門を囲むように散った。

「狼藉者《ろうぜきもの》め」

半左衛門は侍たちが太刀を抜くのを見て、息をのんだ。

「殿」

家臣が異常に気づいた。

「手足くらいならば、死ぬまい。抵抗するならば、遠慮するな」

左手の侍が斬りかかってきた。

「なんの」

手綱を操って、半左衛門は馬を動かし、かろうじて一撃を避けた。

「しまった」

柄へ手をやった半左衛門は、舌打ちをした。

馬上では不便であると、半左衛門は太刀を外していた。

「やむをえぬ」

短い脇差でもないよりはましである。半左衛門は脇差を右手で構えた。

「えいやああ」

右から次の刺客が襲いかかってきた。

「おのれっ」

上から脇差を半左衛門が片手で薙《な》いだ。

「ちいいい」

上からの片手薙ぎは、思ったよりも伸びる。半左衛門の右足を狙っていた刺客が、あわてて下がった。

「殿、屋敷へ駆けられよ」

「じゃまするな」

走り寄ろうとした家臣を一人の刺客が牽制した。

馬場の右手は、わずか一丁ほどで半左衛門の屋敷でもある郡代役宅である。

「馬を狙え」

左の刺客が、叫んだ。

「おうよ」

左右から同時に斬りかかってきた。

「くうう」

上から下にいる敵を斬ることは難しい。なにより、短い脇差では、腰をかがめて近づいてくる刺客に対応できなかった。

馬ごと倒される危惧を避けるため、半左衛門は自ら落馬することを選んだ。

「ぐっ」

背中を強く打ち、一瞬うめいた半左衛門だったが、すぐに転がって馬の下へ避難した。

「くそっ」

馬体は大きい。襲いかかったところで、馬を斬るだけで半左衛門には傷さえ付かない。

「どけっ」

右の刺客が馬の尻を軽く切った。

不意の痛みに馬が大きくいないて走り出した。

「うわっ」

馬の足に潰されそうになった半左衛門は、頭をかばった。

「あきらめるんだな」

日暮れの薄闇でもわかるほど、明らかな笑いを左の刺客が浮かべた。

「おまえたちがな」

半左衛門も口をゆがめた。

「ぎゃっ」

苦鳴《くめい》をあげて右の刺客が崩れた。背中に深々と矢が刺さっていた。

「な、なんだ」

半左衛門を捕まえようとしていた左の刺客が驚愕の声をもらした。

「くはっ」

その左の刺客の胸と腹に矢が当たった。

「ど、どこから」

最後の一人となった、半左衛門の家臣を牽制していた刺客が、恐慌に陥ってあたりを見回した。

「屋敷からここまでなら、弓で十分届くわ。さらうにしては、ときをかけ過ぎじゃ」

寝たまま半左衛門は、嘲笑した。

「おのれっ」

刺客が半左衛門へ叫んだ。

「馬鹿が」

目が離れた。これほど大きな隙を見逃すことはない。家臣はあっさりと刺客の首根を刀で刎《は》ねた。

「ひゅうううううう」

笛のような断末魔をあげながら、刺客が倒れた。

夜目にも紅い血が、大きく噴きあがった。

「殿、大事ございませぬか」

家臣が駆け寄った。

「ああ。打った背中が痛むだけじゃ」

脇差を家臣に持たせ、半左衛門は起きあがった。

「他人目《ひとめ》のなくなる刻限でよろしゅうございました」

家臣が、半左衛門の背中についた泥を払った。

「襲うにも都合のよい頃合いだがな」

苦笑しながら半左衛門は、返された脇差を鞘《さや》へ戻した。

「ご無事で」

郡代屋敷から数名が駆けつけてきた。

「ご苦労であった。弓を撃ったのは、佐野か」

「はっ」

若い家臣が膝を突いた。

「さすが、日置流《へきりゅう》弓術皆伝だけのことはある」

「恐れいりまする」

ほめられた佐野が、恐縮した。

「何者でございましょう」

駆けつけてきた家臣のなかでもっとも年嵩《としかさ》の侍が問うた。

「わからぬ。探ったところで、身元の知れるようなものなど持ってはおるまい。刺客の心得だからな」

半左衛門は首を振った。

「とにかく、殿はお屋敷へ。あとのことは、我らに」

年嵩の家臣が勧めた。

「そうしよう。馬はどうなった」

傷つけられた愛馬の行方を半左衛門は問うた。

「あそこに」

佐野が手を伸ばした。

「草をはんでおるのか」

傷は浅かったのだろう、馬は馬場の外れで足を止め、生えている草をのんびりと食べていた。

「石山、馬を頼む。馬医者に診せるわけにはいかぬゆえ、傷の手当てもしてやってくれ」

最初から付いていた家臣へ、半左衛門は命じた。

「承知いたしましてございまする」

石山が請けた。

「またぞろ亡霊が動き出したか」

郡代屋敷へ向かいながら、半左衛門はつぶやいた。

一部始終を少し離れたところで見ている人物が居た。

「あっさりとやられたものだな」

頭巾で顔を隠した身形《みなり》の立派な武士が、脇に控える従者へ言った。

「申しわけもございませぬ」

壮年の従者が膝を突いた。

「遣い手を集めたはずだな」

「はい。顔見知りが居てはよくないと国元から呼び寄せた者どもで。皆それぞれに剣では免許を受けておりました」

苦い声で従者が述べた。

「それであれか。やはり道場剣術は、畳の上の水練でしかないか」

身形の立派な武士があきれた。

「まさか弓で襲われるとは思ってもおりませんでした。飛び道具とは卑怯な手を」

必死に従者が言いわけした。

「闇討ちとどちらが卑怯なのかの」

皮肉な口調で身形のよい武士が返した。

「……………」

嘲笑を受けた従者が沈黙した。

「しかし、ためらいがなかった」

黙った従者から、身形のよい武士が目を郡代屋敷へと移した。

「弓はまだいい。遠くから射るという行為は、人ではなく的《まと》を撃つのとかわらぬからな。だが、最後の一人は躊躇《ちゅうちょ》なく人を斬った。斬った後もまったく平常であった。これは、人を斬り慣れていると見るべきではないか」

「そのようなことが、この泰平の世にございまするか」

従者が首をかしげた。

「人を斬り慣れる。それも旗本の家臣がだ。普通ならばあり得ていい話ではない。我が藩に仕えている者で、人を殺したことのある者がはたして何人いよう」

「誰それが人を斬ったなどと、聞いたこともございませぬ」

「まず一人もおるまいな」

身形のよい武士が嘆息した。

「徳川家が天下を取り戦をなくした。その代わり、武士たちは闘うという本質を忘れ、ただ無為徒食するだけになりさがった」

「殿……さすがにそれは」

　言い過ぎだと従者が止めた。

「なれど、伊奈の者どもは違う」

　従者の意見を無視して、身形のよい侍が続けた。

「主《あるじ》を守るためにためらうことなく、人を斬る。これくらいならば、余《よ》の家臣でもできよう。だが、あれほど的確な後始末ができようか」

　身形のよい侍が、馬場を指さした。

　馬場では伊奈家の家臣たちが、黙々と作業をしていた。死体を戸板の上にのせて郡代屋敷のなかへ運びこみ、残された血の跡は砂で覆っている。

「手慣れておると思わぬか」

「……まさに」

　主に問われて、従者も同意した。

「経験があるとしか思えぬであろう」

「はい」

二人が見ている前で、後始末は終わり、馬喰町の馬場は、何事もなかったかのように静けさを取り戻していた。

「表沙汰にする気はないということよな」

「おそらく」

旗本が暴漢に襲われて撃退したのだ。名誉であっても、罪ではない。伊奈家の家名をあげるにこれほどの材料もなかった。

「もう一度仕掛けるか」

身形のよい侍が言った。

「襲われたばかりでございまする。伊奈が出歩くとは思えませぬが」

従者が襲撃は難しいと忠告した。

「外ではない。郡代屋敷を狙う」

「ぐ、郡代屋敷を……」

郡代屋敷は伊奈家の私邸ではない。幕府から郡代としての職務を果たすために与えられた役宅《やくたく》であった。いわば、町奉行所と同じであり、幕府の出先である。郡代屋敷へ乱暴を働くというのは、江戸城へ攻め入るのとなんら変わらなかった。

「無茶でございまする。徒党を組んでの暴力沙汰は、御法度。知られれば、我が藩は無事ではすみませぬ」

あわてて従者が止めた。

「いえ、下手をすると謀反とされ、いかに殿といえども……」

従者の顔色がなくなっていた。

「たぐられるような糸を残すわけなかろう。藩士は使わぬ」

郡代屋敷を見つめたまま、身形のよい侍が述べた。

「浪人どもを金で集めよ。そうよな。十名以上は要るであろう」

「人を集めるのはできまするが、あまり派手なことをなさっては、御上の目を引きつけませぬか」

危惧を従者が口にした。

「それはそれでよい。御上の目が郡代に向かえば、なにか明らかになることもあろう。裏に我が家があると知られなければよいのだ。昼間では、人が駆けつけてこぬともかぎらぬ。夜中にいたせ。あと、物音は周囲に聞こえるのがよかろう。騒動があったようだとなれば、郡代屋敷に目付《めつけ》の手を入れやすくなる。目付は、主殿頭《とのものかみ》どのが手にあるゆえな」

「……どのていどの腕の者を集めましょうや」

説得をあきらめた従者が訊いた。

「郡代屋敷のなかにどれほどの者がいて、戦慣れしているかどうかを見なければならぬ。少なくとも人を殺したことのある者でなければならぬ」

「承りましてございまする」

従者が片膝をついて一礼した。

「しばし日を空けるのを忘れるな。さすがにここ十日ほどは、油断しはすまい。よいか、伊奈家の者どもの腕を知るためには、不意をつくのが肝心なのだ」

「はっ」

念を押した主君に、従者が応じた。

二

郡代というのは、代官職のなかでもっとも格式が高い。支配する土地も、代官が五万石内外であるのにたいして、郡代は十万石以上と大きな差があった。

その郡代でも、関東郡代は二十二万石と別格であった。家臣の数も多く、武術だけでなく色々な才に優れた者ばかりであった。

「死体はあらためたか」

襲撃の翌日、伊奈半左衛門は、石山へ問うた。

「はい」

「どうであった。やはり身元は知れまい」

「残念ながら、仰せの通りでございまする。髷《まげ》を解き、衣服をほどいて見ましたが、何一つ見つかりませぬ」

石山が首を振った。

「紙入れもなかったのか」

「持っておりませなんだ」

「ふむ」

聞いた半左衛門が、うなった。

「いかに刺客であろうとも、紙入れは入り用であろう。任をはたしたとして、もし怪我人などがでたおりには、馬か駕籠を雇わねばならぬ。後払いという手もあるが、駕籠屋など、その日稼ぎの者どもは、最初に酒手《さかて》をくれてやらねば、動きが悪い」

「さようでございまするな」

半左衛門の言葉に、石山も同意した。

「ということは……」

石山が窺うような目をした。

「近くに誰かが控えていたと考えるべきであろうな」

あっさりと半左衛門は告げた。

「見られていたと仰せでございまするか」

「儂《わし》ならばそうする」

半左衛門が断言した。

「それはよろしくございませぬな」

「まちがいないであろうな。伊奈半左衛門として狙われる覚えはない。関東郡代として、年貢の取り立てが厳しいと百姓どもへ恨まれるのは当然だが、侍身分の者に襲われる理由はない。となれば……」

それ以上は口にできぬと、半左衛門は言葉を切った。

「……このまま落ち着きましょうや」

「すむまいな」

はっきりと半左衛門は首を振った。

「昨日のあれは様子見であろう。いや、物見といったほうが正しいか。伊奈の実力を推しはかりに来たのだと思う」

「見せてしまったということでございまするか」

小さく石山が嘆息した。

両刀が重いと、細身にする時代である。まともに真剣を抜いたことのある武士など、まずいない。そのなかで、伊奈の家臣たちは、目の覚めるような動きを見せたのだ。

「気に病むことではない。石山らの活躍なければ、儂はさらわれていたであろうからな。助かったぞ」

半左衛門は、感謝を口にした。

「次はどう出ましょうや」

「わからぬ。が、要心だけは怠らぬようにな」

「わかっておりまする」

石山がうなずいた。

「郡代さま」

そこへ郡代役所の手代《てだい》が声をかけた。手代は幕府からつけられている郡代の配下である。家臣のように、なにもかもを報《しら》せるわけにはいかなかった。

目で、半左衛門は石山へ合図した。

「では」

すっと石山が下がっていった。

「どうかしたのか」

石山が出て行くのを待って、半左衛門が問うた。

「昨年の年貢米を調査いたした結果が出て参りましてございまする」

手代が答えた。

「役所へ出向く。そちらで聞こう」

居室へ招くのではなく、半左衛門は私邸と隣接している公邸へと移動した。

関東郡代の屋敷は大きい。ただ、あくまでも役宅が主であるため、華美な部分はまったくなかった。

数万石の大名屋敷と遜色ない規模を誇る郡代屋敷は、代々伊奈家へ預けられていた。

「申せ」

公邸の書院へ腰を下ろして、半左衛門は促した。

「年貢米のできでございまするが……半分近くにくず米が混入されておりました」

「毎度のこととはいえ、腹立たしいことよな」

手代の報告に半左衛門は嘆息した。

一年辛苦の結果、ようやく収穫した米を、あっさりと幕府は半分取りあげるのだ。百姓にとって、これほどの不満はない。そこで百姓たちは、年貢米の検査を受ける分だけをいい米で出し、残りをくず米で納めた。割れたり、色の付いたくず米は、味も落ちるし、商品としての価値は大きく下がった。しかし、年貢は取れ高に対する量であって、質までは追求していない。ただ、商品として価値のないものを納められてはたまらないので、幕府も年貢の季節には、百姓が差し出した米の点検はした。だが、何百、何千ともなると、そのすべてを確認するのは難しい。検査が一部でとどまるのはしかたないことであった。

「とくにひどかった村はあげてあるな」

手元に出された書付へ、半左衛門は目を落とした。

「はい」

「庄屋へ申しつけておけ、来年は、すべて中身を見ると」

郡代や代官が集めた米は、そのまま江戸へ運ばれ、浅草の米蔵へ収められる。その折、勘定方の監査があった。米の質は、年貢の集まりと同じく、郡代と代官の責任であった。

あまりにひどいと、百姓から舐められていると見られ、役職を外されたり、ことによっては減禄や謹慎などの咎《とが》めを受けた。かといって厳格にやりすぎると、百姓たちの反発を招く。百姓たちは厳しい郡代や代官を辞めさせるために、なにかと足を引っ張ってくる。

「そのように」

用をすませて手代が、書院を出て行った。

「面倒なことだ」

一人残った半左衛門は、大きくため息をついた。

三

江戸には、浪人が多い。

これは、幕府が謀反を起こすかも知れないと大名たちを取りつぶした結果であった。

大名を潰せば、その領地を天領として組みこむことはできるが、多くの藩士たちを浪人として野に放つこととなった。

戦国が遠くなり、所領が増える理由をなくした大名たちは、どこも新規召し抱えをおこなわず、かえって人減らしにいそしむぐらいなのだ。

一度禄を離れた侍に、再仕官の道は遠い。

しかし、侍としての矜持《きょうじ》だけはあるため、帰農や商人となることへ抵抗し、両刀を差したまま、あり得ぬ仕官の話を頼りに江戸へ出てくる者があとを絶たなかった。だが、収入を失った武士たちは、やがて喰えなくなり、腰にある刀を使って、脅迫、斬り取り強盗などに走ることになる。

八代将軍吉宗が、浪人の増加による治安の悪化という弊害に気づいたときには手遅れであった。

江戸の庶民たちは、浪人たちの無道に戦々恐々としていた。

「伊藤氏《うじ》、馳走してくれぬか」

深川の煮売り屋で壮年の浪人が、同席していた浪人へ頼んだ。

「無理を言うな。儂とて、ここの払いをすませれば、持ち金は尽きる」

伊藤が拒否した。

「菜は要らぬ。飯だけでいいのだ。この三日、水しか口にしておらぬ。武士は相身互いと申すではないか。のう」

壮年の浪人がすがった。

「働いておらぬのか」

どんぶり飯を喰いながら、伊藤が問うた。

「少し体調を崩してな。十日ほど人足仕事に出ておらぬ」

「ならば、ものを売ればいい」

冷たく伊藤が突き放した。

「売るものなどもうないわ」

腹立たしげに壮年の浪人が言い返した。

「差し料があるではないか」

伊藤が、壮年の浪人の腰へ目をやった。

「……刀を売れと」

壮年の浪人が息をのんだ。

「うむ。生きていくにはいたしかたなかろう」

どんぶりへ味噌汁を入れ、貼りついた米まで箸ではがして、伊藤が飲み干した。

「刀を失えば、もう拙者は武士ではなくなる」

泣きそうな声で壮年の浪人が首を振った。

「なにを言うのだ。明日の米のために、娘を売る者もいるのだぞ。刀くらい、どうというとはあるまい。金を稼げば、買い戻すこともできるのだ」

伊藤が袂《たもと》から小銭を出して、煮売り屋の親父に渡した。

「…………」

無言で親父が受け取った。

「馳走であったが、親父。もう少し味噌汁に具を入れてくれ。根深だけでもよい。これでは、飯が喰えぬ」

「煮物を注文してくだされればよろしいので」

食べ終わったどんぶりを取りあげながら、冷たく親父が答えた。

「ちっ」

舌打ちをして伊藤が煮売り屋を出た。

「客じゃないならば、さっさと出て行ってくださいな」

親父が残った壮年の浪人へ告げた。

「くそっ」

憎悪の目で壮年の浪人が、親父を睨んだ。

「親父、こちらの御仁へ酒と飯、あと見繕いで煮物を」

すだれの外から声がした。

「代金はこれで足りるか」

入ってきたのは、身形の良い侍の従者であった。

「一朱も……十分でございまする」

親父が頭を下げた。一朱は銭の相場によって変化するが、二百五十文から三百文ほどになる。煮売り屋で思いきり飲み食いしても余る金額であった。

「貴殿は……」

壮年の浪人が啞然としていた。

「初対面のごあいさつ代わりでござる。ああ、拙者家名は伏せさせていただくが、とある大名家に仕える者で、西折玄蕃《にしおりげんば》と申す者」

「これはごていねいに。こちらもかつての主名はご勘弁いただきたいが、西国の浪人で太田《おおた》勝衛《かつえ》でござる。以後お見知りおかれて、よしなに」

煮売り屋のいす代わりである、醬油の空き樽へ腰を下ろしながら、太田が挨拶を返した。

「太田どのか、たしかに承った」

西折がうなずいた。

「お待ちで」

そこへ親父が酒と飯と菜の煮物を出した。

「いただいてよいのか」

生唾を飲みながら、太田が確認した。

「もちろんでござる」

「では、遠慮なく」

太田が飯に食らいついた。

「馳走であった」

あっという間に目の前にあったものを片付けて、太田が西折へ頭を下げた。

「いやいや。困ったときはお互い様でござる」

西折が手を振った。

「しかし、なぜ」

猜疑の目で太田が、西折を見た。

「失礼とは存じたが、先ほどのやりとりを聞かせていただいた」

西折が語った。

「お恥ずかしいところを」

食いものをねだったところを見られたのだ。空腹のときならばこそできたことであり、腹が満ちれば、みっともない姿であった。太田が恥じた。

「いやいや。あのおり、貴殿は、あの無礼な者に腰のものを売ればいいと言われておられた。対する答に拙者は感嘆いたした。刀なくしてなんの武士か。まことにそのとおりでござる」

感心したと西折が告げた。

「当たり前のことを申しただけでござる」

太田が胸を張った。

「ご謙遜あるな。武士は刀で主君に仕え、手柄をたてて、立身して参った。しかし、長き泰平は、武士から刀を持つことの意味を奪ってしまっておりまする」

「さようでござる。戦ってこそ武士でござる」

吾が意を得たりと太田が同意した。

「我が主も、武家から気概がなくなっていることに危惧を抱いておられ、せめて家中の者だけでも尚武の気風で染めたいとお考えになられておられる」

「おお、それは重畳《ちょうじょう》でござる。そのようなお方こそ、仕えるにふさわしい。いや、西折どの、貴殿がうらやましい」

　太田が述べた。

「さて、そこでござる。主は、気概のある人物を広く集めておられる。すぐにとは行かぬし、それほどの高禄をお渡しすることはできぬが、貴殿を推させていただきたいと存じる」

「……まことでござるか」

　誘いに太田が飛びあがった。

「真実でござる。ただ、先ほども申したように、すぐとは参りませぬ。また、お話がくずれることもござる。よって、家名をお教えするのは、最後の最後になります る。また、事前に貴殿の腕を見させていただくやも知れませぬ」

　興奮する太田へ、冷静に西折が伝えた。

「腕ならば、いささか覚えがござる。東軍流《とうぐんりゅう》を学び、道場で四天王と言われておりました」

「けっこうでござる」

西折が、満足げに首肯した。

「あと、一つ。貴殿のお知り合いで、何人かできるお方とお会いしたい」

「他の者でござるか……」

太田が口ごもった。

「ああ、ご懸念には及びませぬぞ。貴殿を第一にご推薦申しあげるゆえな」

「かたじけない」

あからさまにほっとした顔を、太田がした。

「では、見知りの者へ声をかけてみまする」

太田が請けた。

「ああ。ただ一つだけ条件をお願いしたい」

思い出したように、西折が口にした。

「条件でございまするか」

「なに、さしたることではございませぬ。太田どのならば、問題なく経験されておられましょう。先ほども申しましたように、我が主が求めておるのは、いざ鎌倉のとき、有為となる人材でござる。つまりは、殿に危難が迫ったとき、躊躇するようでは困るのでございまする」

「そのようなことは、決してござらぬ」

必死に太田が述べた。

「もちろん、太田どのの覚悟を疑ってはおりませぬぞ。少し歩きましょうか。他の客人にご迷惑でござる」

いつまでも煮売り屋にいてはじゃまだと、西折が太田を促した。

「殿のためならば人を斬ることもできる。口でならばいくらでも言えましょう。だが、その場になったとき、刀を抜くことさえできなかったでは、新規召し抱えの意味がありますまい」

「………………」

無言で太田が、聞いた。

「言葉を飾らずに申しますぞ。人を斬ったことのある御仁を集めていただきたい」

「人を斬ったことのある……」

太田が絶句した。

「驚かれるほどのことでござるか。武士の本来でござろう。戦働きとは敵を倒すこと。それに対して、主君は褒美を与えることで報いる。こうやって、大名は領地を拡げ、家臣は家禄を増やした。臆するようならば、話を白紙に戻さねばなりませぬぞ」

冷たい声で西折が、太田を非難した。

「まさに、さようでござる」

急いで太田が同意した。

「五日のち、さきほどの煮売り屋で昼八つ（午後二時ごろ）お待ちいたしておりまする。お見えいただけない場合は、この話はなかったものとお考えいただきましょう。次はございませぬ」

西折が、宣した。

「承知いたしてございまする」

太田が大きく首を縦に振った。

「これは些少ながら、お仲間を集めるためにお遣いあれ」

紙入れから出した小判を一枚、西折が太田へ手渡した。

「……こ、こんなに」

今食べかねている浪人にとって一両は大金であった。

「では、五日後、ここで」

小判を見つめる太田を置いて、西折が去っていった。

手を打ち終わった西折は、桜田門の外にある大和郡山《やまとこおりやま》十五万石柳沢家の上屋敷へ戻った。

「ただいま帰りましてございまする」

本殿の書院へ伺候《しこう》した西折を、藩主柳沢左兵衛督《さひょうえのかみ》信鴻《のぶとき》が待っていた。

「どうだ」

「ここ二日ほどの間に、辻斬りがございましたならば、成功かと」

主君の問いに西折が答えた。

「楽しみに待つとするか」

柳沢左兵衛督が茶を含んだ。

金のない庶民たちにとって、町の噂ほど楽しみなものはなかった。今度の芝居はどうだ、あそこの娘が美形だ、から、どこそこの商家へ盗人《ぬすっと》が入ったまで、庶民たちは寄ると触ると噂を交換し合っていた。

「聞いたかい、昨日、辻斬りが出たというじゃねえか」

「そいつあ、初耳だ。どういういきさつでえ」

仕事に出てきた大工たちが、休憩の合間に噂を始めた。

「殺されたのは、深川のあたりをうろついてる夜鷹《よたか》で、四十過ぎの、明るいところじゃ見られないほどのご面相の女だそうだ。そいつが、背中からばっさり」

「ひでえことしやがるな」

聞いた大工が顔をゆがめた。

「試し斬りだな」

煙草を吸っていた棟梁《とうりょう》が口を出した。

「どうしてわかるんで」

「金ねらいなら、夜鷹なんぞ襲うはずもねえ。せいぜい一回六十文、安けりゃ十六文で股開く夜鷹だぞ。逆さに振ったところで百文も持っちゃいめえ」

大工の問いに、棟梁が言った。

「なるほど」

合点がいったと大工たちが手を叩いた。

「こういう腕試しは、一度で終わらないものだ。おめえたちも気をつけろ。けころや船饅頭《ふなまんじゆう》を買いに行って鼻の下伸ばしていたら、後ろからばっさりてなことになるぞ。さあ、無駄話は終わりだ、七つ（午後四時ごろ）までに、柱立て終えるぞ」

「へい」

大工たちが作業へ戻った。

棟梁の言うとおりであった。辻斬りは終わらなかった。

「今度は、本所で商人《あきんど》が、やられたそうだな」

「いやいや、それだけじゃねえぞ。日本堤《にほんづつみ》で吉原帰りの酔客も斬り殺されたと聞いたぞ」

続けて、被害が出た。

「夜歩きできねえぞ」

町民たちが震えた。

噂は、江戸城にも拡がっていた。

「あやつらか」

式日登城から帰ってきた柳沢左兵衛督が、出迎えた西折へ問うた。

「おそらく。人を斬ったことのある者と申しましたので、あわてて経験したのでございましょう」

西折が首肯した。

「楽しみなことよな」

「はい」

「ところで忠敬《ただよし》はどうしておる」

着替えを終えた柳沢左兵衛督が訊いた。

「……本日もお出かけでございまする」

「しようのないやつめ」

柳沢左兵衛督が眉をひそめた。

忠敬とは、柳沢左兵衛督の末弟である。すでに三十をこえているにもかかわらず、素行の悪さが知れ、養子の口がないほどの放蕩者であった。

「主殿頭さまのお話がなければ、家臣の家へ養子に出すしかないと思っていたが……それにしても、己の立場がわかっておるのか、あやつは。戻ってきたら、きつく言わねばならぬ」

「殿、どうぞ、お怒りをお鎮めくださいませ。忠敬さまのことは、ついておる者どもにお任せを」

西折が柳沢左兵衛督を宥《なだ》めた。

当主と末弟の仲がよくないというのは、柳沢家にとって外聞の悪いことである。柳沢左兵衛督の怒声が、周囲の屋敷に聞こえるのは避けねばならなかった。

「しかし、あやつの性根をたたき直しておかねば、せっかく声をかけてくださった主殿頭さまへ、申し訳がたたぬ」

柳沢左兵衛督の怒りはおさまっていなかった。

「何度養子の話が潰れたと思う。顔合わせの日にいなくなる、悪所通いがあらわになる。町屋に妾を囲い、子までもうけた。あやつの所行はすでに江戸で評判ぞ。もう、我が家へ養子の話を持ってきてくれる人もおらぬ。持参金を付けてやる余裕などない我が藩ぞ。このたびの話を逃せば、もう後がないのだ。それとも玄蕃。そなたの跡継ぎに忠敬をなすか」

「そのような畏《おそ》れ多いまねは」

あわてて西折が手を振った。

藩主の一族が家臣のもとへ養子に出されることは、ままあった。受け入れた家は、藩主から格別な扱いを受け、一門として遇されたが、屋敷をふさわしい規模に建て替えたり、見合うだけの格式へ合わせて身形から替えねばならず、かなりの金が要った。

「ふん」

鼻先で柳沢左兵衛督が笑った。

「主殿頭さまからの話をなんとしてでも成立せねばならぬことが、身にしみたか」

「…………」

藩主の弟を養子に請けるのを断ったに等しいのだ。返答のしようがない西折は、無言で平伏した。

「手配りを怠るなよ」

「しかと」

西折はそそくさと御前を下がった。

四

約束の五日後、西折は件《くだん》の煮売り屋へ赴いた。

「おおっ。ここでござる」

煮売り屋のなかから、太田が顔を出した。

「お待たせしたか」

西折が詫びた。

「いや、先にいただいておりまする」

見れば太田を始め、煮売り屋一杯の浪人たちの前には、酒や肴《さかな》、どんぶり飯が並んでいた。

「けっこうでござる」

空いてる樽へ西折も腰を下ろした。

「親父、酒とそこの鰯をもらおう」

「へい」

煮売り屋の親父の表情は硬かった。浪人者がたむろしているのだ。他の客が入ってこない。

「払いを先にすませておく。これだけあれば、足りるか」

苦笑しながら西折は、二分金《にぶきん》を出した。

「こりゃあ。多すぎますする」

親父が驚いた。

二分は一両の半分、銭に直して三千文近い。煮売り屋の一日の売り上げをはるかにこえる金額であった。

「釣りはいらぬ。そのかわり、しばらく出かけてくれぬかの」

「へ、へい。火は落とさせていただきやすが、よろしゅうございましょうか」

火事を出しては、二度と商売ができなくなる。煮売り屋の親父の危惧は当然であった。

「かまわぬ。そのかわり、酒を手の届くところへ出しておいてくれ。菜もてきとうにもらう。これは、その分だ」

西折はさらに二朱を積んだ。

「ありがとうございまする」

「半刻《はんとき》（約一時間）ほど、頼む」

「へい」

喜んで親父が出ていった。

盃を飲み干した西折が、浪人たちのほうへ振り向いた。

「よくぞお集まりくださった。西折玄蕃でござる」

太田以外は初見である。西折はまず名乗りをあげた。

「お招き感謝する。坂田藤吾《さかたとうご》でござる」

「高山佐内《たかやまさない》」

浪人たちも名前を告げた。

「太田氏から聞いたのでござるが、真実、お召し抱えいただけるのでござろうな」

坂田藤吾が確認した。

「もちろんでござる」

「おおっ」

「やったぞ」

西折が肯定したとたん、浪人たちが歓声をあげた。

「ただ、ご一同全部をお抱えするほどの余裕は、我が藩にもござらぬ」

「……ふむ」

とたんに浪人たちの雰囲気が変わった。

「何人ならよいのだ」

高山が問うた。

「三名でござる」

ゆっくりと西折が指を三本立てた。

「半分以下ではないか」

「話が違わぬか、太田」

たちまち、浪人たちが騒ぎ出した。

「ご不満だというならば、帰っていただいてかまいませぬ」

冷たい声で西折が、述べた。

「だな。文句のある者が消えてくれれば、残った者の有利となる」

坂田がうなずいた。

「馬鹿を言うな。このような好機、二度とあるまい。帰って、またぞろ、明日の糧を心配しなければならぬ日々などごめんだ」

文句を口にした浪人が、あわてて否定した。

「しかし」

目を眇《すが》めて、坂田が西折を見た。

「どうやって三名にしぼられるのか。剣の試合でもせよと」

「いいや」

西折は首を振った。

「太田どのには、伝えてあったはずでござる。殿の求めておられるのは有事に役だつ人材」

「たしかに聞いた」

高山が認めた。

「剣が免許の腕前であったとしても、まったく関係はござらぬ。我らが要しておるのは、戦える武士《もののふ》でござる」

肩書きに用はないと西折が告げた。

「…………」

　無言で浪人たちが続きを待った。

「人を一人誅《ちゅう》していただく」

「……人を斬れと言われるか」

　念を押すように高山が訊いた。

「とある屋敷の主を片付けていただきたい」

　西折が話した。

「一人だけに、これほどの人数は不要であろう」

　沈着に高山が、不審を口にした。

「警固《けいご》の者がおる」

　口調を変えて西折が答えた。

「なるほどな」

　高山が納得した。

「褒賞の確認を願おうか」

　今度は坂田が訊いた。

「召し抱えは先ほども申したように三人。ことが成功した暁には、十日先に殿とお目通り。それで支障なければ、百石にて」

「百石」

聞いた一同が息をのんだ。

「かつての禄の三倍じゃ」

「田舎の家族を迎えにやれる」

浪人たちが口々に感想を漏らした。

「その保証は」

冷静な声で高山が言った。

「ござらぬ。信用していただくしかない」

堂々と西折が告げた。

「ほう……」

高山が西折を見つめた。

「疑うならば、今すぐにここを出て行かれよ。残ったお方だけに詳細をお話しする。ただくち果てるだけを望まれる方には用はない」

西折もにらみ返した。

「明日どうなるかわからぬ浪人暮らしには、もうあきあきしておる。拙者は乗った」

それまで黙っていた太田が手をあげた。

「そうだな。どうせ、この冬をこせぬのだ。一世一代の博打にのるのも一興よ」

たちまち賛同の声がわいた。

「このまま帰れる雰囲気ではないな」

苦笑しながら高山も参加を表明した。

「ご一同よろしいな」

興奮がおさまるのを待って、西折が確認した。

「では、このまま参る。付いてこられよ」

西折が、促した。

身形のみすぼらしい浪人の集まりは、道行く人をかき分けて進んだ。

「太田どの」

先頭を行く西折が呼んだ。

「なんでござろうか」

太田が並んだ。

「よくぞ的確に集めてくださったな」

西折が口調を戻した。

「それに貴殿も顔つきが変わっておる」

「……必死でござるからな」

苦い顔を太田が見せた。

「太刀の手入れは大丈夫でござろうな。血は錆《さび》を呼びまするぞ」

「あっ」

あわてて太田が太刀の柄に手をかけた。

「やはりあれは貴殿であったか。落ち着かれよ。このようなところで、抜かれるおつもりか」

「……すまぬ」

太田が詫びた。

「三日や四日ならば、さほどのことにはなりませぬが、鞘は変えねばなりませぬぞ。

太刀は研げても、鞘の内側はいじれませぬから」

太刀は研げばその分細くなる。そのうえ、鞘の内側を削ってしまえば、鞘と太刀の隙間が大きくなり、おさまりが悪くなる。場合によっては、歩くだけでなかの刀が動き、鞘を傷めた。なにより、抜くときに太刀の筋がずれ、初撃の速度は落ちた。

「ことがすめば、鞘を新調なさるがいい」

「そうしよう」

「結構」

それ以上西折は言わなかった。太田が人を斬ったことを確認しただけであった。

「ここで」

馬場の手前で、西折は足を止めた。

「お二人ずつで、馬場をまっすぐに横切っていただこう。左手に大きな屋敷が見えると思う。そこを目立たぬように観察して、そのあと、大川の手前でお待ちあれ」

「物見か。承知」

西折の指示で浪人者たちが動いた。

「ご覧になったか」

皆が終えた後、合流した西折が尋ねた。

「あの屋敷の奥におる者を狙っていただく」

「顔を知らぬぞ」

高山が無理を言うなと抗議した。

「ご案じあるな。拙者も一緒に参る」

「ほう。命じるだけかと思っていたが」

感心した声を高山が漏らした。

「でなくば、どなたが一番手柄かわからぬであろう」

「それはそうだ」

高山が納得した。

「あそこには、何人くらい警固がおるのだ」

「詳細はわからぬ。ただ、四千石の旗本である」

西折が首を振った。

「四千石か。ご大身《たいしん》だな。領地にも人を出さねばならぬ。夜になれば、屋敷の外へ帰る者もおろう。残った家臣は十五もおるまい。また、数がいたところで烏合《うごう》の衆《しゅう》ならば、問題ない」

坂田が手を叩いて、気合いを入れた。

「多少の困難をこえなければ、ふたたび世に出ることなどかなわぬな」

大きく高山がうなずいた。

「では、本日、日暮れとともに」

「承知した」

浪人たちが請けた。

五

半刻ほどで、江戸は闇に包まれた。

「…………」

無言で西折が手を振った。

「おう」

「まかせろ」

馬場まで進んでいた浪人たちが、いっせいに駆け出した。

「うわあああああ」

恐怖をごまかすため、大声を張りあげている者もいた。

武家屋敷の門限は暮れ六つ（午後六時ごろ）と決められていた。役宅の門も同じであった。刻限が訪れると開け放たれていた大門はしめられる。ただ、潜《くぐ》り門だけは、施錠されず夜中まで人の出入りができた。

「突っこめ」

高山に言われた浪人者が、潜り門へ体当たりをした。

「来たか」

郡代屋敷に響いた音に、半左衛門が顔を上げた。

「殿……」

家臣が駆けてきた。

「外で闘うな。なかへひきこめ。他人目を避けよ。一人も逃がすな」

「はっ」

命じられた家臣が走り去っていった。

丈夫なかんぬきとはいえ、何度も体当たりされては持たなかった。

一度大きくたわんだかんぬきがへし折れた。

「行けっ」

破られた潜り門から浪人者たちが侵入した。

「大門を開けるな」

西折が叫んだ。

武家の異変は大門で決まった。たとえ母屋が火柱をあげて燃えていても、大門が開いてない限り、なにもなかったものとして、他人はかかわれなかった。

潜り門をこえた西折の目の前で、戦いは始まっていた。

「無頼の者どもめ」

「問答無用」

給めだてる伊奈家の家臣へ、高山が太刀を抜くなり斬りかかった。

「なんの」

伊奈家の家臣が応じた。

郡代屋敷に勤める手代たちは、そろって離れた組屋敷に居住している。今、郡代屋敷に残っている者は、皆、伊奈家の家臣であった。

「生かして帰すなとの仰せじゃ」

奥から半左衛門の意図を伝えに家臣が出てきた。

「承知」

家臣たちの顔つきが変わった。

「奥にいるのだな、獲物は」

高山が冷たい笑いを浮かべた。

「我らでいただこうか。ここは、任せた」

坂田が、高山を誘って、駆け出した。

「待て。勝手なまねをするな。力を合わせよ」

西折の制止も二人は無視した。

「させぬ」

何人かの家臣が、高山たちのあとを追おうとした。

「行かせるな」

こうなっては仕方ない。西折は、残った浪人たちへそう言うしかなかった。

「うまいことをしやがった」

文句を垂れながら、浪人者が立ちはだかった。

「いや、かえってよいぞ。西折どのは、我らの働きを見ておられる」

「なるほど。ならば、気張るか」

顔を見合わせて浪人が笑った。

「じゃまするな」

家臣が太刀を振るった。

「なんの」

浪人がかわした。

「おうりゃああ」

別の浪人者が、かわされて体勢を崩した家臣へ斬りかかった。

「ぐえっ」

家臣の背中に太刀が食いこんだ。衣服の上からの一撃で、致命傷にはならなかったが、確実に一人、戦力から外した。

「お見事」

西折がほめた。

「見たか、直心影の技を」

斬った浪人者が誇った。

「おのれっ」

同僚を傷つけられた伊奈家の家臣たちが憤慨した。

「わああ」

家臣が叫んだ。

数では家臣のほうが多かったが、室内では、柱や壁が阻害となって、一人を包囲するのも難しい。優位はないにひとしかった。

「しゃああ」

家臣の一人が、太刀で突いた。

「ぎゃっ」

避けきれなかった太田が、左肩を削られた。

「大事ないか」

「これしき」

太田が強がった。

「こなくそ」

西国なまりを出しながら、浪人の一人が太田を傷つけた家臣へ、太刀をたたきつけた。

「なんの」

家臣が受けた。

刃と刃がかみ合い、火花を散らした。

「つうう」

欠けた刃が浪人者の顔に食いこんだ。

「打ちあうな。刃が欠ける」

壮年の家臣が叫んだ。

神工鬼作と呼ばれ、とてつもない切れ味を誇る日本刀の欠点は、なによりもろいことであった。

堅いものにあたれば、容易に刃先が飛んだ。なめらかであればこそ、よく切れる。わずかな欠けでも、引っかかりとなり、衣服などで刃が止まりかねなかった。

「無茶な」

乱戦である。

とてもそこまで気を遣う余裕はなかった。

当初は襲ったほうが有利であった。しかし、数の差はやはり大きかった。さらに、地の利を押さえている伊奈家の家臣たちが盛り返し始めた。

「ぎゃっ」

西国なまりの浪人が、首筋を撃たれて死んだ。

「あああああ」

別の浪人が右腕を肘から飛ばされた。

「くそっ」

二人を失った浪人者たちの勢いが止まった。

「抑えこめ」

伊奈の家臣たちが、前へ出た。

「まずいな」

戦いに参加していない西折が、つぶやいた。

「このままでは、崩れる」

西折は、いつでも逃げられるよう、立ち位置を潜り門近くへと移した。

「ご一同、勇猛果敢な武士《もののふ》ぶりに、感嘆いたしましてござる。ついては、生き残られたお方全員を召し抱えさせていただたく」

「おおっ」

「聞いたか」

浪人たちに気迫が戻った。

「きさまが、首謀者か」

伊奈の家臣が西折へ、近づこうとした。

「させぬ」

片手薙ぎに太田が牽制した。

「ちぃい」

怪我をした左手をかばった攻撃が功を奏した。右手一本の片手薙ぎは、左手という枷《かせ》を外した分伸びた。家臣のふとももを太田の太刀がかすった。

片手薙ぎは伸びる代わりに軽い。傷は、袴を斬り、ふとももへ筋を入れるだけに留まったが、勢いを殺すことには成功した。

「見たか」

ふたたび太田が腕前を誇った。

高山と坂田は、屋敷の奥へと駆けた。

「全部玄関へ出ちまったのか。誰もいないぞ」

坂田があきれた。

「こっちにとっては都合のいいことだがな」

小さく高山が笑った。

「斬り取り強盗にまで身を落として、いつ三尺高い磔柱《はりつけばしら》で末期《まつご》を迎えるかと思っていたが……」

「まさか、ふたたび侍に戻れるとはな」

顔を見合わせて二人が語った。

「逃すまいぞ」

「おお。手柄は我ら二人のものよ」

力強く二人がうなずいた。

「あそこだ」

廊下の突き当たりに灯りの漏れている部屋があった。

「行くぞ」

足に力を入れて走る速さをあげた高山が、ふいに止まった。

「どうした……げっ」

吶喊《とっかん》の勢いを止めた高山を見た坂田が絶句した。

襖から突き出された槍が、高山の脇腹を縫っていた。

「高山……」

「……ぐほっ」

坂田の問いかけに応えたのは吐血であった。

「しまった。待ち伏せか」

あわてて坂田が、背を向けた。

「どこへ行く」

灯りの付いた部屋から、半左衛門が出てきた。

「…………」

無言で逃げだそうとした坂田は、前方に槍を構えた家臣が立っているのを見た。

「命が惜しくば、抵抗しないことだ」

半左衛門が告げた。

「見たところ浪人者のようだな。誰に雇われたか、それを話してくれれば、見逃してやってもよい」

「まず、槍を引かせろ」

坂田が言った。

「他人《ひと》さまの屋敷へ、押しこんできた者が、条件を出せるとでも思っておるのか」

あきれた顔で半左衛門が首を振った。

「黒幕を知りたいのであろう。ならば、のむしかなかろう」

強気で坂田が交渉した。

「そうか。別にそなただけが、知っているわけではない。話は終わりだな。山崎、目障りだ、除《の》けよ」

冷たく半左衛門が命じた。

「ま、待て」

山崎と言われた家臣が槍を構えるのを見て、坂田が手を振った。

「話す。話すから、命は助けてくれ」

「遅いわ。与えられた機会を自ら捨てておきながら、二度目を願うとは笑止千万。そのような輩《やから》の話を信用できると思うか」

半左衛門は拒絶した。

「くそっ」

あしらわれた坂田が、手ぶらの半左衛門へと太刀を向けて走った。

「ええええい」

長い気合い声を発しながら、山崎が槍を投げた。

「があああ」

あと数歩というところで、坂田の胸から槍が生えた。

「うろんな話にのった己を恨むのだな」

泣きそうな目で見つめる坂田へ、半左衛門が告げた。

「玄関で、まだ続いているようだ。加勢してやれ」

「はっ」

山崎が玄関へと駆けていった。

「石山」

「これに……」

高山を突いた槍を遣っていたのは石山であった。障子を開けて、石山が顔を出した。

「片付けを頼む」

「承知つかまつりましてございまする」

石山が槍を引き抜いた。

傷口から血を噴き出させて、高山が倒れた。流れ出した血も、すぐに止まった。

「郡代屋敷を襲わせる。少なくとも役人どもを抑えるだけの力を持っていると考えるべきであろう」

外れとはいえ、江戸城下でこれだけの騒ぎを起こせるのだ。町奉行所、目付などが気づかぬはずはない。それを知らぬ振りさせるだけの権力が、背後にあると半左衛門は読んでいた。

「面倒だな」

半左衛門は、小さなため息をついた。

槍の遣い手山崎の登場が、とどめとなった。

柱や梁《はり》、障子など、刀を振り回すにじゃまなものが多い室内で、まっすぐ突き出すだけの槍は、最強であった。

「あうう」

「ぎゃああ」

太刀の間合いのはるか向こうから突き出される槍に、浪人者たちが、次々と倒れていった。

「勝負にならぬ」

仕官という餌も命の前にはもろかった。

生き残った浪人者たちが逃げだそうと背を向けた。

「西折どの……」

太田が啞然とした。

後ろで見ていたはずの西折が居なかった。ただ、壊れた潜り門が大きく口を開けているだけであった。

「見捨てられたか。我らはいくらでも補充のきく捨て駒だったわけだ。いや、ひときだったとはいえ、仕官の夢を見ただけましだったか」

大きく太田が嘆いた。

「じゃまだ」

「どけ」

動きの止まった太田を突き飛ばして、仲間の浪人たちが潜り門へ殺到した。

「儂が先だ」

一人しか通れない潜り門の順番を、浪人者が争った。

「馬鹿が」

狭い潜り門に群がった浪人者へ、弓が放たれた。

「あああ」

たちまち背中へ矢を突き立てられて、浪人者が絶息した。

「残るは、おまえだけだ」

槍の穂先を山崎が太田へ向けた。

「ひっ」

血の残る穂先を目の当たりにして、太田が悲鳴をあげた。

「すべてしゃべれば、生かしてくれる」

「……………」

山崎の言葉に太田は、恥も外聞もなく必死で首を縦に振った。


報告が半左衛門のもとへ届けられたのは、深夜近くになっていた。

「西折と申すものが、深川で浪人者を集めたというか」

「とのことでございまする」

太田を尋問した山崎が首肯した。

「その西折が何者かは、知っておらぬというのであろう」

「さようでございまする。煮売り屋で出会い、そこで、藩士となる者を求めていると誘われたそうでございまする。ただし、武士らしく戦える者でなければならぬ、人を殺した経験がある者をと条件をつけられ、夜鷹を斬ったとまで白状いたしました。おそらく、嘘偽りはなかろうと考えまする」

山崎が語った。

「これでは黒幕にまでたどり着けぬな」

「はい」

半左衛門の言葉に、山崎が同意した。

「西折と申すのは、どこぞの藩士であろうな」

「おそらく」

「そこの藩主が、伊奈家を狙った」

「…………」

無言で山崎が半左衛門を見上げた。

「その藩主は問題ではないな。その背中を押した者こそ、要《かなめ》」

半左衛門が腕を組んだ。

「奉行所も目付も来ておらぬのだろ」

「はい」

問いに、山崎がうなずいた。

「これだけの騒ぎをして、問い合わせもないか。釘をしっかりさしてあるようだ」

苦い表情を半左衛門は浮かべた。

武家屋敷のことに、町奉行所はかかわらない。しかし、騒動があれば、問い合わせくらいはしてくるのが通例であった。

「こちらから下手に動くわけにもいかぬ。相手が新たな手を打ってくるまで、待つしかないな」

半左衛門は待機と決めた。

「いっそう警戒を強めまする。ところで、あの浪人者は、いかがいたしましょう」

山崎が訊いた。

「このまま出すわけにはいかぬ。郡代屋敷のなかで争いがあったなどと、しゃべられでもしたら、相手に隙をあたえることになりかねぬ」

「始末いたしましょうか」

低い声で山崎が言った。

「生かしてやると約したのだ。殺すわけにはいくまい。そうよな、三人ほどつけて、小室《こむろ》陣屋へでも送れ」

「小室の陣屋は、廃されてかなりになりまするが……」

当初郡代の出先として使われていた武蔵国小室の陣屋は寛永年間に廃棄され、赤《あか》山《やま》陣屋へと移されていた。

「ときどき手入れを命じてある。朽ちてはおらぬはずだ。牢獄もあったはずだ。ことが終わるまで、そこで閉じこめておけ。ふむ。小室陣屋か。使えるな。赤山陣屋から手練《てだ》れを選び、十名ほど常駐させよ」

「小室へ人をでございまするか」

「うむ。囮《おとり》にはちょうどよかろう。襲撃された直後に、郡代屋敷から人が向かったとなればな」

「仰せの通りに」

山崎が承服した。

「郡代屋敷を武力で制圧できなかったのだ。さて、次はどのような手段で来るか。気の重いことだ。神君《しんくん》の遺されたもの。受け取れるお方は決まっているというに、どうして欲しがるのか」

半左衛門は、天井を見あげた。

第二章　闇の争闘

一

郡代屋敷襲撃の失敗は、すぐに柳沢左兵衛督へ伝えられた。

「やはり失敗したか。忠義をもたぬ浪人者では、肚《はら》が足らぬな」

予測していた結果だと柳沢左兵衛督は、あまり衝撃を受けなかった。

「屋敷のなかは見てきたのだな」

一人戻ってきた西折へ、柳沢左兵衛督が問うた。

「手配りはどうであった」

「とくに変わったものはございませなんだ」

小さく首を振りながら西折が答えた。

「人数はどうじゃ」

「私が見たのは十二名。確認はできていませんが、奥にも何人かいたでございましょう。それでも二十名をこえるとは思えませぬ」

「少ないな。四千石の旗本でももう少し抱えておる。ましてや、実高四万石とまで言われている伊奈家ならば、百名、いや二百名以上いて当然なのだ」

聞いた柳沢左兵衛督が、首をかしげた。

「そんなに家臣が……」

「伊奈家は、神君家康公以来代々、格別の恩恵を将軍家からたまわっておる。開発した新田の一割をもらうという約束だ。今まで伊奈家が開発した新田は、およそ三十万石に及ぶという」

「その一割となれば、三万石……」

聞いた西折が絶句した。

「では、なぜ大名になりませぬので」

一万石をこえれば大名である。伊奈家がそのとおりの石高だとすれば、大名になっていて当然であった。

「わからぬ。そのあたりも含めて伊奈家には謎が多い」

　柳沢左兵衛督が、述べた。

「しかし、郡代屋敷にそれほど人がいなかったとわかっただけで重畳である。残りの家臣をどこに配しているかを調べれば、田沼主殿頭さまが気にされているもののありかは知れたも同然である」

「もっとも守りに人を使っているところ」

「うむ。江戸にないとならば、郡代の陣屋として与えられているのは、赤山と小菅《こすげ》。その二カ所があやしいか」

　うなずいた柳沢左兵衛督が言った。

「ただちに人を遣わしましょう。百名近い家臣がいるならば、なかを見ずとも、周囲からさぐることもできますする」

　自信をもって西折が答えた。

　人というのは、とてつもない消費をする。飯を喰い、服を着、住むところをもたねばならないからだ。

　一人増えただけで、一年で米は一石以上要る。そして喰えば出す。一人二人ならば、まだしも、百名近くとなれば、排出の処理は大きな負担となる。便所のくみ取りの回数を見るだけで、そこにどのくらいの人がいるかを推察できた。

「いや、待て。江戸の外となれば、主殿頭さまのお許しを得ねばなるまい」

柳沢左兵衛督が制した。

「今から、主殿頭どのがもとへ参る」

「お供致さずともよろしゅうございまするか」

お気に入りの家臣としての自負からか、西折が尋ねた。

「そなたは伊奈の家中に顔を見られておる。どこに他人目があるかわからぬのだぞ。余の供にそなたが加わっていては、柳沢家が裏で糸を引いていると教えることになるではないか」

「……たしかに、さようでございました」

叱られて、西折が詫びた。

「それもあるゆえ、そなたはしばらく屋敷で籠もっておれ。生き残った浪人者がおれば、そなたを探してもおろう。深川と伊奈の付近には当分近づくな」

「承知致しましてございまする」

西折が平伏した。

柳沢家の上屋敷と田沼家の上屋敷は近い。駕籠に乗った柳沢左兵衛督は、小半刻もかけず、田沼主殿頭の屋敷へ着いた。

「相変わらず、人が多いな」

駕籠の小窓を開けた柳沢左兵衛督がつぶやいた。

十代将軍家治の寵愛を一身に集めている田沼主殿頭の権は幕政全部に影響を与えるほどに大きくなっている。お手伝いという名の労働奉仕と無駄遣いを避けたい大名、役目を求める旗本などが、田沼主殿頭の誼《よしみ》を得ようと、毎日行列をなしていた。

「どちらの御家中でござろうか」

駕籠に気づいた田沼の家臣が近づいてきた。

「柳沢左兵衛督の家中でございまする」

行列を先導するお使い番が答えた。

「これは、柳沢さまでございましたか。主より、お見えとあれば、すぐにお通しするよう言いつかっておりまする。どうぞ」

あわてて田沼の家臣が、行列を屋敷のなかへと誘導した。

「しばし、こちらでお待ちくださいますよう」

駕籠を降りた柳沢左兵衛督は、他の客とは違った座敷へと案内された。

出された茶が冷える前に、田沼主殿頭が現れた。

「いや、お待たせをいたしました。大膳大夫《だいぜんだいぶ》さまが、なかなか離してくださいませぬので、思わぬときを喰ってしまいました」

「毛利どのがお見えであったか」

「なにか、ここ数年米の出来が悪く、年貢が不足しておるとかで、しばらくお手伝い普請はご遠慮したいと」

腰を下ろした田沼主殿頭が嘆息した。

「苦しいときに、見せてこその忠義でございましょうに」

「さようでござるな。我ら大名どもは、上様のためにござるので」

柳沢左兵衛督が同意した。

「さすがは、五代綱吉さまの御信頼厚き柳沢吉保どのがお血筋。変わらぬ御忠義のほど、主殿頭感服つかまつってござる」

「主殿頭どの……我が柳沢は家臣筋ではございませぬ」

厳しい目つきで柳沢左兵衛督が咎めた。

「なにかな」

飄々とした表情で、田沼主殿頭が流した。

「神君の遺されたものを手にして初めて、なりたつお話ではなかったかの」

「……うむう」

田沼主殿頭に言われて、柳沢左兵衛督がうなった。

「下世話に申す、証文の出し遅れでござろう。百年以上も前のことを、今更と誰もが思いまするぞ。それを黙らせるためには、それだけの功をあげねばなりますまい。それが、幕政を立て直す切り札となれば、どこからも反対はでませぬ」

「……でござった」

苦い顔で柳沢左兵衛督が引いた。

「話を戻しまするが、なかなか伊奈家はやりまするな。それだけの手練れを何人も抱えているとは。力押しは無理でござろうか」

腕を組んで田沼主殿頭が思案した。

「そのようなことはござらぬ。我が藩をあげて押し出せば、伊奈が四万石に相当する家臣を持つといえども、こちらは十五万石。郡代屋敷など、三倍以上の兵力があれば押し切れましょう」

柳沢左兵衛督が自信ありげに述べた。

十五万石の軍役はおよそ一千五百人である。それだけの兵が集まれば、城どころか砦《とりで》でさえない郡代屋敷などひとたまりもない。

「家治さまのお膝元で、騒動を起こすと」

冷たい声で田沼主殿頭が咎めた。

「城下で戦など起これば、上様のお名前に傷が付く。それを承知で仰せられたのであろうか、左兵衛督どの」

「と、とんでもない」

あわてて柳沢左兵衛督が否定した。

田沼主殿頭の言うことならなんでも認めることから、「そうせい侯」などと陰口をたたかれている家治である。それだけの信任を預けられている田沼主殿頭が、家治のことを大切に思っていないはずはなかった。

田沼の怒りを受けて、柳沢左兵衛督が震えた。

「わ、我が藩の武を表すために、たとえ話として申しあげたまででござる。そのようなこと、天地神明に誓っていたしませぬ」

柳沢左兵衛督が言った。

「そうでござったか。ちと、わたくしが早とちりいたしたようでござるな。申しわけもござらぬ」

表情を緩めて、田沼主殿頭が軽く頭を下げた。

「おわかりいただければけっこうでござる。どうぞ、お気になさらず」

両手を振って、柳沢左兵衛督が田沼主殿頭へ頭をあげてくれと願った。

「ならば、しばらく伊奈への手出しはご無用に」

「……な、なぜでござる。伊奈から神君の遺された証《あかし》を奪わねば、我が血筋は一門にあがれませぬ」

「お平らに」

興奮する柳沢左兵衛督を、田沼主殿頭が黙らせた。

「力押しだけでは、ことの解決につながらぬとわかったばかりでござろう。ならば、策を弄するしかございますまい。かといって、相手は世襲の関東郡代。勘定奉行なども親しい。十五万石とはいえ、無役の貴殿では難しゅうござろう」

「……………」

柳沢左兵衛督が黙った。

大名柳沢家の初代、吉保は五代将軍綱吉の寵愛を背景に大老格として、今の田沼主殿頭以上の権を振るった。松平の姓を賜っただけでなく、一門以外では初めてとなる、東山道の要地甲府を与えられた。それも綱吉が死ぬまでであった。

吉保を支えた綱吉が死ぬと、後ろ盾を失った権は、一気に力をなくした。

もっとも吉保は聡明であった。罷免される前に自ら職を辞したうえで隠居し、家督を息子吉里へ譲って、さっさと政《まつりごと》の表舞台から降りた。

吉保の専横の余波は、それだけですまず、吉里は終生役目に就くことはなく、当代柳沢左兵衛督信鴻もいまだ無役のままであった。

「関東郡代を押さえるとならば、少なくとも若年寄でなければ……」

「ならば、わたくしを推していただきたい」

田沼主殿頭の言葉に、ぐっと柳沢左兵衛督が身を乗り出した。

「無理でござるな」

　あっさりと田沼主殿頭が断った。

「なぜでござる。主殿頭どののお力をもってすれば、容易でございましょう」

　柳沢左兵衛督が食い下がった。

「とんでもないこと。若年寄になるには、手順がござる。寺社奉行、あるいは、大坂城代添え役、お側御用取次などを経験するのが慣例。あいにく貴殿は何一つやっておられぬ。そのような御仁をいきなり御用部屋へ推薦するなど。それに一門衆は執政になれぬ決まり。なれば家臣筋と認めることとなりますぞ」

　田沼主殿頭が首を横に振った。

「そうでござった。しかし、伊奈をこのまま……」

「まさか」

　焦る柳沢左兵衛督へ、田沼主殿頭が笑って見せた。

「神君お分けものを欲しておるのは、誰よりも幕府。しばし、わたくしにお任せあれ」

　田沼主殿頭が告げた。

「左兵衛督どのが、お帰りじゃ。誰ぞ、お送りいたせ」

用はすんだと立ちあがった田沼主殿頭が、呼んだ。

「主殿頭どの……」

まだ食い下がりたそうな柳沢左兵衛督の前へ、田沼主殿頭の家臣が座った。

「お供の衆が、お待ちでございまする」

「……わかった」

客間を出て行く田沼主殿頭を、柳沢左兵衛督は見送るしかなかった。

深更近くまでかかって来客をさばいた田沼主殿頭は、ようやく居室に落ち着いた。

「おつかれさまでございました」

上屋敷を預かる用人《ようにん》、樫村《かしむら》多右衛門《たえもん》が、主君の疲れを気遣った。

「人の欲というのは、際限がないな」

用意された茶を喫しながら、田沼主殿頭が嘆息した。

「大名や旗本は、庶民から見れば、働かずとも喰える身分。それだけでも恵まれておるというに、まだ上を望むか」

「…………」

樫村は黙って主君の愚痴を聞いた。

「柳沢もそうだ。大和郡山十五万石、たしかに、古い寺社が多く、治めにくい土地ではあるが、それでも十万石をこえる大領。なにより柳沢は、武田の遺臣。三河以来徳川へ仕え、何人もの命を捧げてきた譜代の多くが、千石に満たぬ薄禄で我慢しているのと、吾が身を比して見よ。うらやまれこそすれ、うらやむべきではないと気づかねばならぬ」

空になった茶碗を、田沼主殿頭が樫村へ突き出した。

「あまりお重ねになりますると、お休みに差し障りまする」

「茶を一杯増やしたていどで、かわるものか」

田沼主殿頭が苦笑した。

「それを御三家の上に置けなど、妄言もいい加減にして欲しいものだ」

話を田沼主殿頭が続けた。

「たしか、柳沢吉保さまの御嫡男吉里さまは、五代将軍綱吉さまのお種だとか」

樫村が茶の代わりを煎れた。

「綱吉さまのご愛妾、お染の方さまを、吉保どのが拝領したおり、すでに懐妊されていたと言われておる」

田沼主殿頭が樫村の言葉を受けた。

「たしかに、吉里どのは月足らずで産まれておられるが、そのような話、どこにでもある。これだけで、吉里どのをご一門とするには弱い」

「はい」

樫村もうなずいた。

「そのための箔づけが入り用でございまする」

「箔づけだけならばいいのだがな」

茶碗を手でもてあそびながら、田沼主殿頭が告げた。

「そのあたりは、儂の知るところではない。儂が欲しいのは、伊奈が護《まも》っておる金じゃ。家治さまのご治世をささえるだけの巨額な遺産」

「なにか手配をいたしましょうや」

一気に茶をあおった主君へ、樫村が訊いた。

「思ったより伊奈は手強い。明日、目付と町奉行を呼べ。黙っているよう申しつけておいたが、少し揺さぶってみたくなった」

「目付はどなたでも」

「ああ。町奉行も南北どちらでもよい」

人にはこだわらないと、田沼主殿頭は樫村へ任した。

「承知いたしましてございまする」

樫村が平伏した。

二

関東郡代の任は、預けられた天領の監督である。江戸の郡代屋敷で、陣屋などからあがってくる報告を検討し、的確な命を出すのが主たるものであるが、支配地の状況を検分するため、江戸を離れることもあった。

「一度巡察として、江戸を離れるのが得策か」

半左衛門は、思案した。

江戸で続けて襲われた。二度とも撃退したが、三度目がないとは言えなかった。

「でございますな。ご城下を外れてしまえば、そこは関東郡代の支配地。どのような手段を執ろうとも、咎められることはございませぬ」

名案だと山崎が言った。

「では、急ぎ、その準備をいたせ」

「はっ」

山崎が承諾した。

関東郡代が江戸を離れるには、上司である勘定奉行の許可が要った。

翌日、伊奈半左衛門の名前で天領巡察の願いが出された。

「伊奈半左衛門から巡察の願いが出されましてございまする」

認否を与える前に、勘定奉行は田沼主殿頭へ報せた。

「ご苦労であった」

勘定奉行をねぎらった田沼主殿頭が命を与えた。

「認可は出してよい。ただし、十日ほど延ばすよう」

「はっ」

「急がせねばならぬな」

下がっていく勘定奉行を見送りながら、田沼主殿頭は、つぶやいた。

巡察の願いを出した二日後、伊奈半左衛門は、北町奉行所吟味方与力《ぎんみかたよりき》の訪問を受けた。

「お忙しいところ、お手数をおかけいたしまする」

町奉行の与力は、不浄職扱いで、身分は御家人になる。ていねいに半左衛門へ頭を下げた。

「いや、で、御用の向きは」

半左衛門は、用件を急《せ》かせた。

「十日ほど前のことなのでございまするが、そこの馬場で争いごとがあったとの訴えがございまして」

与力が話した。

「郡代さまのお屋敷は、馬場に面しておりますれば、なにかご存じではないかと、参上させていただいた次第で」

「十日ほど前か」

思い出す振りをしながら、半左衛門は考えていた。

半左衛門が、馬術好きで、毎日のように馬を責めていることは広く知られていた。

「馬場にはよく出てきておるが……」

馬場を遣うことが多いのも、調べてきていると読んだ半左衛門は、隠さずに話した。

「おおっ。では、なにかをご覧になられたか」

与力が身を乗り出した。

「あいにくだが、なにも見ておらぬ。どれ、他の者にも訊いてみよう。誰ぞおらぬか」

半左衛門が呼んだ。

「なにか」

すぐに山崎が顔を出した。

「十日ほど前に、前の馬場でなにかあったらしい。誰ぞ、気づいた者がおらぬか、調べて参れ」

「ただちに」

一礼した山崎が去っていった。

「かたじけのうございまする」

手配に与力が頭を下げた。

「いや、気にするな。天領でももめ事は尽きぬ。それを抑える苦労は、嫌というほどわかっておる」

半左衛門は苦笑した。

「ところで、届けがあったとのことだが、騒動とはどのようなものなのだ」

あらためて半左衛門は問うた。

「これは、申しておりませんでしたか。失礼をいたしました。届けを受けた者によりまするると、なにやら数人が争う様子があり、何人かが斬られたと」

「斬られた……それは物騒なことだ」

与力の説明に、半左衛門は驚いて見せた。

「はい。さすがに人死にが出たとなれば、放置するわけにもいきませず、いろいろと手を伸ばしてみたのでございますが、何一つ出て参りませぬ」

「血が流れたならば、跡が残ろう」

「小者《こもの》どもを使いまして、それこそ地に額をつけるようにして探させましたが、見つけられませなんだ」

小さく与力が肩を落とした。

「その騒動があったと訴えてきた者は、どのような輩だ」

「馬喰町に住まいおる町人でございまする。深川からの帰り、夕刻に馬場の南側を通っていたそうで……」

「なるほどの。では、しっかりと見ていたわけだ。顔もな」

「…………」

嫌味を口にした半左衛門に、与力が黙った。

「殿……」

そこへ山崎が戻ってきた。

「どうであった」

「家中はもとより、手代、小者にいたるまで調べましたが、誰も何一つ見聞きいたしておりませぬ」

半左衛門の問いに、山崎が答えた。

「だそうだ。お役には立てなかったな」

「いえ。ありがとうございました」

深く与力が低頭した。

「一つだけ助言させていただこうか」

下げている頭へ向かって、半左衛門は語りかけた。

「最初に訴えて来た者を疑う。これこそ吟味の初歩」

「お言葉、肝に銘じましてございまする」

半左衛門の皮肉に、そそくさと与力が帰っていった。

「門を出たのを確認いたしましてございまする」

送り狼のように、与力のあとを付いていった山崎が、報告した。

「うむ。なにも跡など残しておらぬであろうな」

「ご安心を」

山崎が請け合った。

「ならば、大事ないな」

満足げに半左衛門は首肯した。

「あの与力はなにをしに参ったのでございましょうや」

今度は山崎が訊いた。

「物見であろうな」

「……物見」

「ああ。町奉行所の与力は、江戸の庶民に対しては、鬼より強いが、旗本、ましてや関東郡代である吾へは、指一つ触れることができぬ。わざわざ、そのような輩をよこしたのは、前振りというところであろう。町方与力の来訪にあわてた伊奈がなにか動きを見せぬかと、今ごろ虎視《こし》眈々《たんたん》と屋敷を見張っておろう」

半左衛門は説明した。

「では……」

「なにもするな。なに、数日以内に、本軍が来るだろう」

淡々と半左衛門は述べた。

「誰が来ると仰せで」

「旗本にとってもっとも鬼門なのは、目付だ」

半左衛門が告げた。


翌日、半左衛門の予想どおり、郡代屋敷へ目付があらわれた。

「目付、稲崎主水《いなさきもんど》である」

「関東郡代、伊奈半左衛門でござる」

昨日と違い、半左衛門が下座で稲崎を迎えた。

目付は千石高、城中の礼儀礼法の監視、旗本の監察をおこなった。その職務上、峻厳かつ公正でなければならず、任につくおりは、親族友人の縁を切って望んだほど厳格であった。

また、直接将軍に目通りすることが許されており、老中といえども、その権の行使をさまたげることはできなかった。

「本日は、何用でございましょうや」

稲崎へ上座を譲って、半左衛門は下座から聞いた。

「郡代屋敷内において争闘ありとの訴えがあった。よって、調べをいたす」

威丈高《いたけだか》に稲崎が宣した。

「役宅で争闘でございまするか」

「さようじゃ」

半左衛門の確認に、稲崎がうなずいた。

「調べるが、よいな」

「お役目を果たさねばなりませぬので、ご同道は致しかねまするが、どうぞ」

勝手にやってくれと半左衛門は述べた。

「なにかあるならば、今のうちに申せ。狼藉者どもに襲われたのならば、咎めだてることなどない」

「お話しすることなど、なにもございませぬ」

稲崎の誘いに半左衛門は首を振った。

「さようか。おい」

連れてきていた徒目付《かちめつけ》、小人目付《こびとめつけ》たちへ、稲崎が声をかけた。

「はっ」

配下たちが、散っていった。

「お目付どのは、行かれぬので」

動こうとしない稲崎へ、半左衛門は問うた。

「拙者は、ここで報告を待つ」

稲崎が半左衛門をにらんだ。

「では、わたくしは、御用に戻らせていただきまする」

見張りだと宣言されたに等しいが、半左衛門は気にせず、手元の書付へ目を落とした。

「酒井、酒井はおるか」

半左衛門は、声をあげた。

「お呼びで」

すぐに手代が顔を出した。

「この書付に記されておる金額に、相違はないか」

「……それは、小菅陣屋の修繕費用のもの。はい。そのように見積もりがあがってまいりましてございまする」

内容を確認して、酒井が答えた。

「茅葺き屋根のやり替えにしては高すぎぬか」

「いささか金額は張ってございまするが、なにぶん小菅陣屋は建てられてからこの方、一度も屋根替えをいたしておりませず、傷んだところの補修ですませて参りました」

「ならば、このたびもそれでよいのではないか」

酒井の話に、半左衛門は口を出した。

「そのつけが出て参りまして。雨漏りがいたすだけでなく、風の強い日はめくれるようになっておりまして……」

「めくれるのは、まずいの。よかろう。しかし、秋の台風までには間に合うのだろうな」

「それは念押ししてございまする」

「わかった。このまま進めてよい。ただし、後でもう少し入り用ということは困る。しっかりと手綱を引き締めよ」

「わかっておりまする」

釘を刺された酒井が、一礼した。

「代わりに田宮を呼んでくれ」

「はい」

酒井が下がって、田宮という若い手代がやってきた。

「一昨年の米相場と去年の相場の比較だが、江戸と大坂での……」

半左衛門は稲崎を気にすることなく、仕事を片付けていった。

「お目付さま」

半刻以上過ぎて、ようやく徒目付が戻ってきた。

「いかがであった」

待ちくたびれていた稲崎が性急に尋ねた。

「争った後など、見当たりませぬ」

「よく検分いたしたのだろうな」

徒目付の報告を、稲崎が確認した。

「ご懸念には及びませぬ」

「ふむ」

一瞬思案した稲崎が、半左衛門へ顔を向けた。

「役宅ではなく、私邸のほうもよろしいか」

「しばしお待ちあれ」

半左衛門は見ていた書付から目を離した。

「最初にお見えのおり、役宅で争闘と言われたはず」

「……たしかに」

しぶしぶ稲崎がうなずいた。

「わたくしは念を入れて確認いたしました。役宅でかと」

役宅の修繕を先にしたため、私邸の襖に開いた槍の穴が残っていた。半左衛門は稲崎に絡んだ。

「…………」

「失礼ながら、役宅を探して何もなかったので私邸をというのは、いかがなものでござろうかの」

四千石の貫禄をもって、半左衛門は抗じた。

「私邸を見せぬと申すは、なにか、不都合でもござるのか」

稲崎が言い返した。

「あるわけなどございませぬ」

「ならば……」

「なさるならばどうぞ」

半左衛門は、仕事の書付へ目を落とした。

「ただし、御殿坊主へ、話させていただきまする」

「なにっ」

徒目付へ新たな指示を出そうとしていた稲崎が、驚愕した。御殿坊主とは城中での雑用をおこなうものである。武士ではなく、軽い身分であるが、大奥以外のどこへでも出入りすることができた。当然、城中でのできごとには、誰よりもくわしい。又、口の軽さでも定評がある。御殿坊主の流す噂は、一日で城中全部に広がった。

「所期の目的をはたせなかったので、その穴埋めに別の場所まで手を伸ばした。嘘偽りではございませぬな。これが城中に拡がれば……」

書付から目を離すことなく、半左衛門は述べた。

「無能と言われる……」

稲崎が息をのんだ。

目付の恐ろしさは、旗本全員が知っている。だが、もっとも理解しているのは目付自身であった。目付は目付をも監察する。目付は旗本の俊英が集められるだけに、その後の出世も早く、多くは遠国奉行を経験し、小姓組頭、書院番頭など将軍の側近くにあがっていく。当然、家禄も増え、身分もただの旗本から、寄合《よりあい》へと変わる。

それは大きな差となった。小普請《こぶしん》支配でなく寄合になっていれば、本人が隠居した後、あとをついだ嫡男はすぐに召し出されるのだ。また、初役の格も高い。戦がなくなり手柄を立てることのできなくなった泰平の世で、格をあげられる機会は、滅多にない。目付になったものが、とりわけ厳しく役目を遂行するのは、幕府の規律を守るためではなく、己の出世を願うからである。

しかし、出世の枠には限りがあった。そこに己が入るためには、他人を蹴落とさなければならない。

目付は鵜《う》の目鷹《たか》の目で同僚の失策を探していた。

そんなところに、噂が出れば、待ってましたとばかりに稲崎は、吊し上げられる。

「下がれ」

稲崎が、徒目付を遠ざけた。

「脅すつもりか。そのようなまねをして、無事ですむと」

「……………」

無視して半左衛門は、書付を処理し続けた。

「聞こえておるのだろう、伊奈」

「お待たせいたした。ちと御用がたてこんでおりましてな」

半左衛門は、ようやく書付を置いた。

「さて、なんのお話でござったかの」

「きさま……」

首をかしげる半左衛門へ、稲崎が怒りの表情を浮かべた。

「貴殿の御用はすんだ。そこになにか問題でもござったか」

半左衛門は訊いた。

「なにもないならば、そのままお帰りになられればよろしかろう。お目付という役目は、多忙なはず」

「ただではおかぬ。役目を剝いで、家を潰してくれる」

稲崎が憤慨した。

「関東郡代というお役目は、神君家康公から、代々伊奈家が継承するようにと直々に命じられたもの。貴殿は、神君さまへ、刃向かうと」

「……ぐっ」

真っ赤だった稲崎の顔色が、すっと白くなった。

「伊奈家の歴史をご覧なさるがいい。何回も潰されそうになりながら、もっている。その裏を読めぬようでは、この先、なかなか難しゅうござろう」

半左衛門はささやきかけた。

「…………」

無言で稲崎が立ちあがった。

「帰る」

来たときと変わらぬ威厳を見せつけながら、稲崎が帰っていった。

「お見送りいたして参りました」

山崎が苦笑しながら報告に来た。

「嫌がらせでございましょうか」

「だろうな。でなければ、このていどの脅しで帰るとは思えぬ。上から無理押しはするなと釘を刺されているのだろう。神君のお名前を表に出されれば、もう何もできぬからな」

半左衛門も笑った。

「質《たち》の悪い嫌がらせでございまするな。ただ、殿と我らの手間を取っただけ。なにもでなかったとの報せを、後ろにおられるお方は、どう聞かれるのでございましょうや」

「端《はな》からなにもでないと知っておろうよ」

「では、なぜ、このような無駄を」

　おかしいと山崎が問うた。

「こちらの力を見計らっているのだろうな。先だっての襲撃とは違った形だが、狙われているのには、変わらぬ」

「……………」

　山崎が厳しい顔をした。

「力で来た後に、策。なかなか手強い相手だ」

「いったい誰が……」

「わからぬ。神君お分けものを欲しがるものを数えあげれば、きりがない。幕府、御三家、越前らご一門、どことも金には困っている」

「御上が手出しをなさいましょうや。神君のご遺言に反しまする」

「そのような状況でなくなったからだろう。御上には金がなさすぎる。郡代役所でもわかるように、金がなければなにもできぬ」

「金でございますか」

大きく山崎が嘆息した。

三

町奉行、目付から話を聞いた田沼主殿頭はほほえんだ。

「なかなか肚も座っておる」

目付を追い返した気迫を田沼主殿頭がほめた。

「旗本にとって目付は鬼門。並の旗本ならば言われるままにしたがう。それを強気であしらうとは、見事だ」

「そこまでの人物でございまするか」

聞いていた用人樫村が質問した。

「さすがは神君家康さまよ。数代のちでもこれだけの気概を持つ伊奈家に番人を命じられたのは、ご慧眼《けいがん》と申しあげるほかない」

しみじみと田沼主殿頭が感嘆した。

「だからといって、ことをおさめるわけにはいかぬ。表から行けぬならば、裏を使えばすむことだ」

田沼主殿頭が、新たな決意を見せた。

「小普請伊賀者組頭を呼び出せ」

「伊賀者のような身分低きものを、お屋敷へでございまするか」

樫村が驚愕した。

小普請伊賀者は十五人扶持《ぶち》、小普請奉行の支配を受け、江戸城の壁のちょっとした割れや瓦のずれなどを修繕した。

「それも小普請伊賀者など。伊賀者のなかでもとりわけ役に立たぬと聞きまする。お呼びになるのでございますれば、せめて、お広敷《ひろしき》伊賀者になされては」

とんでもないと樫村が止めた。

「お広敷伊賀者は、大奥に近い。いや、大奥の女どもに懐柔されている。そのような連中に神君お分けもののことを報せてどうなる。樫村、幕府でもっとも金を欲しがっているのは大奥ぞ。大奥にすむ千人近い女たち。その欲がどれほど果てしないものかわかっておらぬようだな」

お広敷とは、大奥を管轄する役所である。大奥への出入りや警固を主な任とした。

「千人の女の欲望……」

樫村が震えた。

「それを満たすほどの金を幕府は与えておらぬ。生涯を大奥で過ごすと決められた女たちは、思いを外へ発揮することが許されない。ならば、その欲望は内で消費するしかなかろう。美しい着物を身につけ、うまいものを喰う。大奥の女の望みは、その二つに集約される。ともに金のかかるものだ。そのうえ、普段は抑えられているだけに、たちが悪い。それを満たすに足りる金が現れてみよ。しかも、奪い取ったところで表だってとがめられることのない金がな。手に入れた者が自在に遣える金。欲深き女どもが見逃すわけあるまい。お広敷伊賀者は、その女どもに飼われているのだぞ」

首を振りながら田沼主殿頭が説明した。

「仰せの通りで」

言われた樫村が納得した。

「よってお広敷伊賀者は使えぬ。残るは、明屋《あきや》敷《しき》伊賀者、山里伊賀者、そして小普請伊賀者」

田沼主殿頭が指を折って数えた。

もともと伊賀者は、一つであった。

本能寺の変で堺に取り残された徳川家康を、三河まで護衛した功績をもって、幕府は伊賀者二百人を同心《どうしん》として抱えた。

初代服部半蔵を頭とした伊賀者同心は、幕府の隠密《おんみつ》として活躍していた。それも初代服部半蔵が存命している間だけであった。

跡を継いだ二代目服部半蔵がどうしようもない愚物《ぐぶつ》であったことで、伊賀者は不幸になった。

幕府から預けられた同心である伊賀者を、二代目服部半蔵は家臣のごとく扱い、私用で酷使した。

だけではない。二代目服部半蔵は、伊賀者同心たちの行動が気に入らぬと、自儘《じまま》に打擲《ちょうちゃく》したり、見目麗しいと評判の女を犯したりと好き放題したのだ。

最初は我慢していた伊賀者たちも、ついに耐えかね、暴発した。伊賀者は二代目服部半蔵の罷免と待遇の改善を訴え、組屋敷を離れ、四谷の長善寺へ立てこもった。

伊賀者の行動は謀反に近い。幕府が要求を呑むわけもなく、数千の旗本を配して、長善寺を包囲した。

当初は旗本たちをあしらっていた伊賀者だったが、補給のない戦いに勝利はない。矢玉食料も尽き果て、伊賀者は幕府へ降参した。

幕府の報復はことのわりに甘かった。隠密を失うのを恐れたのかも知れないが、幕府は伊賀組を解体するに止《とど》めた。

二度と一丸となって幕府へあらがえぬよう、伊賀組は、お広敷伊賀者、明屋敷伊賀者、山里伊賀者、小普請伊賀者の四つに分割された。

「お広敷伊賀者を除いたうち、山里伊賀者は、江戸城の退き口の門番、人数も九人しかいない。番非番を考えれば、動けるのは二、三名、これでは役に立つまい」

田沼主殿頭が説明した。

「残るは、明屋敷伊賀者と小普請伊賀者。ともに十五俵二人扶持で、人数も十三名とまったく同じ。だが、大きな差がある。明屋敷伊賀者は、その名の通り江戸城下で主のいなくなった旗本大名の明屋敷を管理するとの役目がある。だが、小普請伊賀者は違う」

「差でございまするか」

わからぬと樫村が首をかしげた。

「御家人の小普請組と同様、小普請伊賀者は、無役扱いということだ」

小普請とは、その字の通り、小さな修繕のことを言う。無役の御家人、小禄の旗本が小普請組に入れられることから、非役の代名詞として使われている。

小普請伊賀者は、実際城の修繕などにあたっているが、その名前のおかげで、非役扱いをうけ、伊賀者四組のなかでもっとも格下とされていた。

「無役は役持ちの後ろにつかねばならぬ。千石高の目付に八千石の旗本は上座を譲らねばならぬ。これは御上の権威を表したもので、決しておろそかにしてはならぬ」

「はい」

樫村がうなずいた。

「のう、樫村。人というのは浅ましいものよな」

不意に田沼主殿頭が話しかけた。

「はい」

主の意図をはかりかねた樫村が、間の抜けた返事をした。

「幕府によって差をつけられたとたん、かつては同僚であった小普請伊賀者を、他の三組が下に見始めた。同じ席に座ることを許さず、話もしなくなる。するほうは満足だろうが、されるほうはたまらぬ」

「………………」

「小普請伊賀者は、伊賀者のなかで浮いてしまった。浮いた小普請伊賀者はどう思う。最初は、変わった仲間を呪っただろう。そして、ときと共にふくれあがったねたみは、逆転を望む」

「……小普請伊賀者が、上に立ちたいと」

「そうじゃ。小普請伊賀者から抜け出て、馬鹿にしていた奴らを見返してやりたいと考え出す」

「そこを利用すると」

「利用するのではない。昇華させてやるのだ」

「承知つかまつりました。ただちに手配を」

主の命を受けて樫村が下がった。

「お呼びだそうで」

一人残って、御用にかかわる書付を処理している田沼主殿頭の足下から声がした。

「……小普請伊賀者か」

「小普請伊賀者組頭須納黒馬《すのうこくま》にございまする」

「顔が見えぬのは話しにくい。上がってくるがいい」

「よろしゅうございますので」

須納が逡巡《しゅんじゅん》した。

大名と御家人の端切れ、伊賀者同心では同席などかなうはずもなかった。

「ともに上様へお仕えする者同士、石高の多い少ないなど関係なかろう。言い出せば、我が田沼家は、三代前まで紀州家の足軽でしかなかったのだ」

田沼主殿頭が小さく笑った。

「……ごめんを」

不意に部屋の片隅へ黒々とした影が生まれた。

「須納黒馬と申したな。田沼主殿頭じゃ」

「はっ」

影が平伏した。

「御用のほどを」

須納が問うた。

「儂に手を貸せ」

言葉を飾ることなく、田沼主殿頭は告げた。

「なにをすればよろしいのでございましょうか」

理由を求めることなく、須納が内容を問うた。

「関東郡代伊奈半左衛門が、預かっている神君お分けものの残り、それがどこにあるかを探せ」

「神君お分けもの……」

須納が繰り返した。

「詳細は訊くな。知れば、小普請伊賀者を根絶やしにせねばならなくなる」

田沼主殿頭が拒絶した。

「過ぎたことを申しました」

　須納が引いた。

「で、それを調べあげたとき……」

「小普請伊賀者は、探索方伊賀者と名前を変え、お庭番の上席、両御番並《りょうごばん》二百石となる」

「両御番並でございまするか」

　聞いた須納が息をのんだ。

　両御番とは、小姓組番、書院番のことである。ともに将軍の側にあってその警固を担う、戦場での馬回りにあたる名誉ある役職で、番方旗本のあこがれであった。

「かまえて違《たが》えぬ」

　はっきりと田沼主殿頭が誓った。

「神君お分けものといえども、上様へ逆らうことではない。ただ、表にできぬ事情があるがゆえ、思いきった手を打てぬ」

「…………」

　須納が無言で田沼主殿頭を見上げた。

「過大な褒賞だと警戒するのは当然じゃ」

田沼主殿頭が須納へ身体を向けた。

「すぐに返答をいたせとは言わぬ。三日後、答を聞かせてくれればよい。言わずもがなだが他言は無用。あと、断ったとしても、なにもない」

「なにもない。すなわち、小普請伊賀者はそのままだと」

須納が口を開いた。

「うむ。ただ、二度と小普請伊賀者に身上がりの機会は来ぬ」

きっぱりと田沼主殿頭が断言した。

「…………」

ふたたび須納が沈黙した。

「一つだけ、話をしようか。なぜ甲賀が与力になれ、伊賀が同心でしかないのか。その裏になにがあるのか、考えてみるがいい。政の本質が見えるやも知れぬ」

田沼主殿頭が述べた。

「政の本質……」

「言い換えよう。天下取りの都合だと」

思案に入った須納へ、田沼主殿頭が告げた。

「天下取りの都合。本能寺の変で護られるより、伏見城で裏切るほうが、価値のある……」

はっと須納が田沼主殿頭を見た。

「……承知つかまつりましてございまする。お受けいたしまする」

「けっこうだ」

三日待たず、引き受けた須納へ、田沼主殿頭は満足げに首肯した。

「では、さっそくに」

すっと須納の気配が消えた。

「殿、小普請伊賀者組頭が、すぐ参上つかまつると……」

樫村が戻ってきて報告した。

「もう来たわ」

「なんと」

主の言葉に樫村が絶句した。

「引き受けていったぞ」

「即断でございまするか。よろしいので。忍《しのび》の者など、信がおけませぬ」

懸念を樫村が見せた。

「大丈夫だ。なかなか頭の切れもよい。気に入ったわ」

田沼主殿頭が褒めた。

「それにな。こちらの都合だけを押しつけても、小普請伊賀者の怨念は晴れまい。利用する、されるだけのかかわりは、もろい。共に夢を摑むため、手を組む。これが何より強い。なにせどちらかの夢が達せられるまで、崩れることはないのだ」

「でも、それはどちらかの夢が成就した段階で終わるということではありませんか」

「だの。だが、それでいいのだ」

樫村の疑問を田沼主殿頭が肯定した。

「小普請伊賀者の願いがかなったとすれば、それは伊奈半左衛門の隠した神君お分けものの場所がわかったということ。そして、我が望みがとどくのは、神君お分けものが御上の手にはいったとき。そうなれば、小普請伊賀者を旗本にしようが、たいしたことではなくなる。もちろん、潰すなど容易だ」

田沼主殿頭が語った。

「要はどの道具を選ぶのかではなく、どう遣うかなのだ。上様のお手元にお分けものが入るならば、手段も経過も問わぬ」

冷徹な為政者の顔になって、田沼主殿頭が言った。

四

田沼家上屋敷を出た須納黒馬は、四谷の伊賀者組屋敷へと帰った。

「集まってくれるように」

須納はただちに組下の伊賀者を集めた。

「なんでござろうか」

覇気のない連中が、ぞろぞろとやって来た。

「急な修繕でも入りましたか」

内職をしていたのか、誰もの衣服に木くずや、紙縒《かみよ》りなどが付いている。とても戦国の闇を支配し、織田信長からも恐れられた伊賀者の末とは思えない姿であった。

「延蔵《えんぞう》、甲子《きね》、耳と目はないか」

口の動きだけで声を出さず、須納が訊いた。とたんに、一同の気配が変わった。だらけた雰囲気は一掃され、伊賀者の目が輝いた。

「……耳はござらぬ」

「目も届きませぬ」

延蔵と甲子がやはり口だけで応じた。

「うむ」

ふたたび須納が声を出した。

「さきほど、田沼主殿頭さまに呼び出された」

「田沼さま……」

「お側用人《そばようにん》さま」

配下の伊賀者たちがざわついた。

「静まれ」

手を上げて一同を抑えると、須納が一部始終を語った。

「なんと、二百石」

「両御番並といえば、お目見えがかなうのか」

また一同が騒いだ。

無理もなかった。御家人でも、もっとも少ない小普請伊賀者の禄である十五人扶持は、年になおせばおよそ二十七両にしかならない。対して二百石は、一年でおよそ百両の収入になる。じつに四倍近い。なにより将軍へ目通りができる格は、旗本としての誇りであった。

「嘘偽りではない」

須納が宣した。

「関東郡代伊奈半左衛門が秘している神君家康公のお分けもの。その場所を探るだけでよいのか。奪取はせぬのか」

甲子が問うた。

「探るだけだと田沼主殿頭さまは言われた」

「それだけで二百石は、多すぎぬか」

延蔵が疑念をあらわにした。

「その点は、儂も思った。だが、考えてもみよ、田沼主殿頭さまが、我ら小普請伊賀者を罠《わな》にはめて何の得になる」

「それはそうだ」

配下の一人が首肯した。

「たとえ、それが罠であっても、このまま過ごしていては、小普請伊賀者に先はない。そうであろう」

重い声で須納が述べた。

「忍の術より、木彫りの人形を作るのがうまい。あるいは、朝顔の育てかた名人と呼ばれる伊賀者。これは正しいのか」

「…………」

一同は沈黙した。

「戦国の闇を支配した伊賀者の時代は、もう二度と来ない」

淡々と須納が語った。

「しかし、先祖たちが文字通り血肉を削って身につけた技は、伝わっている。それを絶えさせてよいのか」

「喰えぬのだ。しかたなかろうが」

誰かがつぶやいた。

「それでいいのか。職人の下請けを孫子にもさせるつもりか」

「職人の下請けのどこが悪い」

すっと甲子が顔をあげた。

「同心とはいえ、足袋をはくことも許されず、寒中といえども、袴の股立《ももだ》ちはあげていなければならぬ。雨が降っても傘もさせぬ。娘に着物の一枚を買ってやることもできず、つぎあてのあたった常着のまま嫁に出す。妻もそうだ。嫁に来たとき身につけていたものから、何一つ増やしてやれぬ。なにより、子供たちが腹一杯になるまで米を喰わせてやったことさえない。これのどこが、武士だというのだ。職人のほうが、よほどよい暮らしをしておるわ」

「そうじゃ」

声を出して、一同が同意した。

「なにより、我らをこのような境遇へ落としたのが、御上だということを忘れられるか。本能寺のおり、襲い来る地侍どもから神君家康公を護って三河まで送り届けたのは、我ら伊賀者ぞ。その功績ある伊賀者が同心で、関ヶ原のおり、伏見城へ籠もっておきながら、西軍へ寝返った甲賀者が与力。この差をつけたのも御上ぞ。その御上を牛耳る田沼主殿頭さまの話を言葉通りにとれるわけなかろう」

甲子が冷徹に続けた。

「言いたいことはわかる。なればこそ、田沼さまに付くべきなのだ」

須納が言い切った。

「なにを」

一同が目をむいた。

「政の裏を読め」

厳しい顔で須納が言った。

「なぜ甲賀が与力になったのか、少しは頭を働かせよ」

「どういうことでござる」

延蔵が尋ねた。

「わからぬか。伊賀が同心で、甲賀は与力になれた。その理由がなにか」

「…………」

一同が黙った。

「なればこそ、我らは遣われるだけの道具なのだ」

「組頭、まどろこしい問答は止《や》めにしてもらえぬか」

困惑した表情で甲子が頼んだ。

「己で気づくべきなのだぞ。今はときが惜しいゆえ、仕方ない。だが、少しは考えよ。思案を他人任せにしている間は、上に立つことなどできぬ」

「立ったところで四人扶持でござるがな」

鼻先で延蔵が笑った。

小普請伊賀者組頭の役料は、わずか四人扶持だけである。これを見てもどれほど小普請伊賀者が冷遇されているかわかる。

「四人扶持の大きさをわからぬようでは、とても遣えぬな」

須納が、嘆息した。

「まあいい。一人の粗《あら》を指摘している暇はない」

延蔵から目を離して、須納が一同を見た。

「なぜ我らは神君家康さま伊賀越えの手伝いをしたのに功が薄いのか。要らぬお世話だったからだ」

「なんと」

「伊賀の援助なしで、よかったと」

一同が絶句した。

徳川家康には、生涯三度の大きな苦難があった。

一度目は、今川の人質として辛苦をなめた時代を指し、二度目が、武田信玄の上洛である。三方《み》ヶ《かたが》原《はら》の戦いで、武田軍の猛攻を受け、命からがら逃げ出した家康は、馬上で恐怖の余り脱糞までしたと伝わっている。

そして三度目が、伊賀越えの危難であった。

難敵武田家を滅ぼした信長は、長年の苦労をねぎらうため、家康を京大坂へ招いて饗応《きようおう》した。京の町を堪能した家康は、中国攻めへ向かう信長と別れ、堺へ足を伸ばした。その日、明智光秀が、織田信長を襲った。世に言う本能寺の変である。

わずかな供回りで堺にいた家康は、京と近江を押さえた明智光秀によって帰路を奪われた。急ぎ三河へ帰らざるをえなくなった家康は、大和から伊賀を抜け、伊勢から船で三河へ逃げることにした。大和は明智光秀に親しい筒井順慶の領地であり、伊賀は天正伊賀の乱で信長と敵対関係にあった。まさに命がけの逃走となった家康を助けたのが、伊賀忍者であった。同行していた服部半蔵の手配で大和との国境まで出向いた伊賀忍者によって、家康一行は警固され、無事伊勢まで抜けることができた。これを手柄として、家康はのちに伊賀者二百人を江戸へ招き、同心として召し抱えた。

「伊勢から船で三河へ渡る。ならば、なぜ堺から船に乗られなかったのだ。堺には南蛮との交易を商いとしている者が山ほどいる。堺から船に乗れば、三河まで帰れるではないか」

「途中で襲われることもありましょうが」

「陸路でも襲われるのだ。海路だからという理由にはなるまい。それに堺の商人の船を襲うだけの肚がある者は、そうそうおらぬであろう。信長さまに屈するまで、堺は諸大名を相手に、独り立ちを続けてきたのだ。ふんだんに鉄砲や大筒を積んだ船など、いくらでもある」

配下の反論を須納は一蹴した。

「つまり、伊賀の助けは要らなかったというわけか」

小さく甲子がつぶやいた。

「余計なお世話であったが、助けられた形になったのだ。名を大切にする大名として、伊賀へ褒賞を与えぬわけにはいくまい」

「その代償が、武士ともいえぬ同心」

「うむ」

頬をゆがめた延蔵へ、須納がうなずいた。

「では、甲賀が与力になれたのは……」

「家康さまのお考えどおりに動いたからであろうな」

甲子の問いに、須納が答えた。

「計略だったのか、甲賀者の裏切りは」

延蔵が驚愕した。

甲賀の裏切りとは、関ヶ原の合戦の緒戦の話である。

豊臣秀吉の死によって、ゆらいだ天下の座を手中にすべく、家康は大きな博打に出た。わざと上杉討伐をおこなうと宣し、大坂を留守にしたのだ。

家康は、己が居ない間に石田三成を挙兵させ、仕掛けられた戦に立ち向かうという形をもって、天下取りに出たのだ。

「死なせることになる。すまぬ」

家康は京での居城伏見城に鳥居元忠以下、一千五百の兵を残して、関東へと旅だった。

「秀吉さまの遺言に従わぬ家康を討つ」

思惑どおり、三成が諸大名を語らって、家康弾劾に出た。

「いわば西軍のど真ん中に残された伏見城の役目はなんだ」

須納が問いかけた。

「家康さまが戻ってこられるまで、西軍を足止めすることでござろう」

「そうだ。伏見城は数万の兵による攻撃を受けたが、落ちることなくふんばった」

うなずいた須納が続けた。

「だが、いつまでもがんばっていては困るのだ」

「なぜでござる」

「伏見城ががんばり続ければ続けるほど、家康さまは上方へ近づかれることになる。いかに家康さまに大勢の大名たちがついているとはいえ、上方は豊臣家の牙城。その影響の強い京や近江で戦うのは、地の利を取られたにひとしい」

「なるほど」

「それだけではない。上方で戦えば、最大の敵を招くことになりかねぬ」

「最大の敵……誰でござる」

「豊臣秀頼どのよ。秀頼どのは、三成の挙兵にかかわっておられぬ形をとっていた。だが、目の前で戦があり、己を掲げてくれる三成が不利になったとなれば、出てくるやも知れぬ。もし、出てくれれば、今は家康の味方をしている福島や、浅野などの豊臣秀吉によって取り立てられた大名たちは、どうなる。秀頼どのに刃を突きつけるわけにはいくまい。よくて戦場を離れるか、下手すれば、家康さまへ槍の穂先を向けかねぬ」

「ううむう」

　配下たちがうなった。

「そのような羽目にならぬよう、伏見城は適当なところで落ちねばならぬ。伏見城が落ちれば、西軍は東へ進み、大坂から離れたところで家康さまと戦うことになる。大坂から離れれば、戦況がどうなろうとも、秀頼どのの出陣は避けられる」

「たしかに」

尊敬のまなざしで延蔵が須納を見た。

「だからといって、単純に開城すればいいというものではない」

甲子があとを継いだ。

「わかったか」

須納が笑った。

「負けて全滅あるいは、降伏しての開城となれば、上方に徳川の兵が弱いとの評判が立つ」

「上方というより朝廷であろうがな」

少しだけ須納が訂正した。

「天下を狙う家康さまにしてみれば、朝廷に弱いと思わせては困る」

「それで甲賀者が……」

延蔵がようやく理解した。

「甲賀者が裏切って負けたのならば、徳川の武名に傷が付かぬ。それだけではない、家康さまの都合がよいところで、伏見城を落とすことができた」

「汚名を被ったからこそ、甲賀者は与力になれた」

「おそらくな」

須納が甲子の結論に首を縦に振った。

「この話は、田沼さまに助言としていただいたものを、儂なりに解釈しただけだが、そう外れてはおらぬと思う」

「田沼さまが」

「甲賀と同じく、役目を果たせば、それには報いる。田沼さまなりの保証であろう」

ゆっくりと須納が語り終えた。

「はっきりと言おう。儂は引き受けてきた」

「もう返答をすまされたのか」

甲子が絶句した。

「反対の者は、今抜けてくれればいい。反対が六名以上いたならば、儂は組頭を降り、ただの伊賀者同心として、田沼さまへ従う」

須納が告げた。

「…………」

誰一人動かなかった。

「いいのだな」

「旗本へなれる好機でござる。娘に嫁入り道具を持たせてやれるならば……いや、孫子の代に残すためならば、命も惜しくはござらぬ」

壮年の小普請伊賀者が代表して口を開いた。

「……よし。では、初手として、明日非番のもので、郡代屋敷を探る。まずは、外回りの確認ぞ。罠がないか、伊奈家の家臣たちが、どれほどの遣い手なのか、そこからだ」

「承知」

小普請伊賀者一同が頭を下げた。

ようやく許可が出た。伊奈半左衛門は江戸を離れるための準備に追われた。

「山崎、郡代屋敷のことは任せた」

「お供せずともよろしいので」

伊奈家随一の遣い手である山崎を半左衛門は残していくつもりであった。

「儂のいぬまに、手出しをしてくるやも知れぬ。そのとき、他の者ではたりぬことになりかねぬ。そなたがいてくれれば、安心じゃ」

「畏れ多いことでございまする」

主君からそこまで信頼されては、家臣として従うしかなかった。山崎が平伏した。

「道中は大丈夫でございましょうや」

それでも懸念は残った。

「江戸城下では使えぬが、出てしまえば鉄砲がある。それに佐野と石山を連れて行く」

半左衛門が述べた。

「はい」

そこまで言われては黙るしかない。山崎は引いた。

「おそらく、儂が江戸を離れるなり、またなにかあると思われる」

「はっ」

山崎が緊張した。

「十分な備えをしておけ。あと、かなわぬと思えば、屋敷を捨てて逃げよ」

「それでは、伊奈家の武名に傷がつきまする」

　とんでもないと山崎が首を振った。屋敷はいわば城なのだ。城が落とされてしまえば、伊奈家の名前は地に落ちる。状況によっては、伊奈家が幕府から咎めを受けることにもなりかねなかった。

「当主の留守中ならば、さほど大きなことにはならぬ。なにより、儂は郡代としての職務で江戸を離れるのだ。任地へ出向いている旗本の屋敷になにかあったからといって、咎めだてていれば、遠国への赴任をする者がいなくなろう」

　半左衛門が説明した。

「なにより、屋敷にはなにも置いていないのだ。ひっくりかえされたところで、どうということもない。それよりもできる家臣を失うほうが痛いぞ。腕の立つ者は探せようが、代々伊奈家に仕えてきてくれた譜代の忠義は得られぬ」

「畏れおおいことでございまする」

　山崎が感激した。

「よいか。神君お分けものがあるかぎり、伊奈家は潰れぬ。無理はするな。やりすごせるならば、相手にするな。これ以上伊奈の力を見せるのは避けたい」

言い残して、半左衛門は江戸を後にした。

参勤交代や赴任などで、当主がいなくなった江戸屋敷の規律は緩む。

「伊奈半左衛門は、昨日板橋を離れましてござる」

「よし。当主の留守こそ、好機なり」

延蔵の報告を受けて、須納が郡代屋敷の探索を命じた。

「秘事を隠すならば、手代や天領の百姓、商人たちの出入りがある役宅より、私邸であろう。私邸の天井裏、床下まで、蟻の巣さえも見逃すな」

小普請伊賀者組頭須納が、配下たちを動かした。

非番である小普請伊賀者八名が、二人一組となって郡代屋敷へと向かった。

「払暁を待て」

夜が明ける前が、もっとも人の眠りを深くする。須納は、配下たちを四方に散らせながら、待機させた。

「不寝番の気配がございまする」

物見に出ていた甲子が、戻ってきた。

「さすがだな」

須納がうなずいた。

「できるといったところで、相手は侍である。忍の敵ではない。床下、天井裏など、我らにとって平地とかわらぬ。しかし、侍には、辛い。刀を振り回すだけの余裕がないからな。わかるだろうが、闘うな。目的は、証を探すことぞ」

噛んで含めるように須納が述べた。

「そろそろよかろう、行け。刻限は夜明けまでじゃ」

手を振って須納が合図した。

「承知」

甲子が闇のなかへ溶けた。

気配を殺すことにおいて忍ほど長《た》けた者はいない。一方、気配を読むことにおいて武芸者ほど優れた者はいない。

もし、忍と武芸者が対峙《たいじ》したとしたら、勝つのは忍であった。気配がないかぎり、武芸者は忍の影さえ見つけられないからである。

山崎は主の居室の隣、控えの部屋で起居していた。不寝番ではない山崎は、夜具のなかで静かな寝息を立てている。

「……来たか」

静かに山崎が目覚めた。

小普請伊賀者が気配を漏らしたわけではなかった。ただ、床下から半左衛門の居室へ上がるため、床板を剝がそうとした動きが、わずかな振動となって山崎へと届いたのだ。

「力任せの次は、盗賊か」

山崎が頰をゆがめた。

「探るだけならば、放置しておくほうがよいな」

屋敷のなかで騒ぎを起こせば、また目付やら町奉行所が手を出して来かねない。

山崎は主から言われたとおり、見過ごすことにした。

「ここが伊奈半左衛門の居室だな」

畳を持ちあげて入りこんだのは、甲子であった。

「ここにもないか、ここも違うか」

違い棚、畳の下、天井裏などを調べた甲子だったが、なにも見つけることはできなかった。

「ないか」

甲子が山崎の居る控えの間へと目を向けた。

「………」

懐から竹筒の水筒を出した甲子が、敷居に水を垂らした。

音もなく襖が開いた。

「やはり」

山崎の姿を確認した甲子が、襖を閉じた。

「我らの仕事は探すだけ」

甲子が別の部屋へと移っていった。

払暁から夜明けまでは一刻《いっとき》（約二時間）もない。なにより、台所を預かる女中たちは、夜明け前に目覚める。小普請伊賀者の探索は、なんの成果もないままに終わらざるを得なくなった。

「なにも」

馬場の片隅に集まった小普請伊賀者が、同じ報告を須納へとした。

「無理か」

小さく須納が嘆息した。

「やむを得ぬな。次の手をうつか」

「どうなさるおつもりで」

延蔵が訊いた。

「赤山と小菅、伊奈家の陣屋を調べる」

新たな手を須納は口にした。

「まずは、伊奈家の本陣でもある赤山からじゃ」

「はっ」

須納の言葉に、小普請伊賀者たちが、承諾した。

第三章　攻防の日

一

赤山陣屋は、日光御成街道鳩ヶ谷《はとがや》宿から大門へいたる途中、新井宿を東へ曲がるとすぐの場所にある。江戸を朝のうちに出れば、夕刻には着けるほど近いところであった。

「おかえりなさいませ」

陣屋前で、伊奈家代官の一人会田七右衛門《あいだしちえもん》が出迎えた。代官とは江戸の郡代屋敷に詰めていることの多い半左衛門に代わって、支配地を差配する役目である。天領における半左衛門の代理として、家中で大きな権力を持っていた。

「ご苦労である」

馬から下りながら、伊奈半左衛門がねぎらった。

「殿こそ、江戸からのご道中お疲れでございましょう」

会田七右衛門が気遣った。

「まだまだこのていどで疲れるほど、老いておらぬわ」

笑いながら、半左衛門が陣屋の門を潜った。

赤山陣屋は、敷地二万四千坪、北を沼に、残り三方を盛りあげた土と空堀に囲まれた城郭に近い堅固なものであった。

家康の関東入府に従って鳩ヶ谷を領した阿倍家移封の後を受ける形で、元和四年（一六一八）伊奈本家三代忠治が築いた。赤山陣屋周辺に七千石近い領地を与えられた忠治は、祖父忠次の死によって、空席となっていた代官頭へ就任、武蔵国足立郡と葛飾郡、天領二郡を支配した。

それ以来赤山陣屋は伊奈家の居館として、代を重ねてきた。

「皆は健勝か」

陣屋の奥へ腰を下ろした半左衛門が問うた。

「おかげさまをもちまして」

下座に控えた会田七右衛門が答えた。

赤山陣屋には、伊奈家の家臣、そのほとんどである三百八十余名の住居があった。

「重畳である」

満足げに半左衛門がうなずいた。

「殿」

会田七右衛門が、表情を引き締めた。

「江戸で騒動がござったそうで」

「聞いたか」

半左衛門も真剣な顔になった。

「やはり神君さまの……」

「おそらくな。直接、余になにか申してきたわけではないが……他に狙われる心当たりもない」

「あれは神君さまが、信康さまの……」

「そのお名前を口にするな」

重い声で半左衛門は、会田七右衛門を叱った。

「申しわけございませぬ」

会田七右衛門が詫びた。

「ことと次第によっては、ここへも手が伸びるやも知れぬ。警戒を怠るな」

「ご懸念なく。赤山陣屋には常時三百名をこえる家臣が在しておりまする。弓が三十張、鉄砲も十挺ございますれば、百名やそこらで押し寄せたところで、揺らぎもいたしませぬ」

胸を張って会田七右衛門が宣した。

どこの代官所でも同じだが、一揆に備えて相応の武具をそろえている。

普段おとなしい百姓たちが、追い詰められて一揆に出たときの迫力は武士以上であった。

一揆は大罪である。首謀者は死罪、参加した者にもなんらかの罪が与えられた。年貢を取られて飢え死にするか、戦って死ぬか、命を賭けての嘆願だけに、百姓たちも必死で抗う。一揆と直接ぶつかる代官所が、泰平ぼけしていては話にならない。

代官所の武器は、そこらの大名のように、手入れをしていないのとは違って、いつでも使える状態であった。

「頼もしい限りよな。儂は、いや、伊奈家はよい家臣を持っておる」

「かたじけないお言葉」

会田七右衛門が頭を下げた。

「ところで、今年の天候はどうじゃ」

半左衛門は、話を変えた。

「あまりよろしくはございませぬ」

少し会田七右衛門が眉をひそめた。

「昨冬の寒さが、いまだに響いておりまして。田の草があまり生育しておりませぬ」

「土が冷たいのか」

「はい」

会田七右衛門がうなずいた。

「日の照りは」

「十分にございまする」

「焼きをさせるか」

提案を半左衛門は口にした。

「それがもっともよろしいのでございましょうが……藁《わら》の備蓄をあまりいたしておらぬようで」

難しいと会田七右衛門が首をかしげた。

焼きとは、稲刈りを終えたまま、放置されてきた田に肥料と暖かさを与えるため、藁などを敷いて火をつけることである。

「草鞋《わらじ》と縄か。残さず費やしたか」

半左衛門があきれた。

「はい」

会田七右衛門が認めた。

「神君さまのご教訓にもあること。まさか、止めるようにと申しつくるわけにもいきませず」

「ううむ」

家康の名前が出ては、どうしようもなかった。

天下を取った家康は、国の基幹である百姓たちに勤勉を命じた。

「朝は夜明けとともに田へ出かけ、日が落ちるまで働き、夜は星をいただきながら、藁を打ちて草鞋などを作り、贅沢をせず、慎ましやかに過ごせ」

家康は、収入のほとんどを担う百姓を、生かさず殺さず働かせようとしたのだ。

「庄屋に命じて、できるところだけでよいから、焼きをさせよ。昨今、勘定奉行どのからの催促が厳しい。あまりに出来が悪ければ、我らの責任となる」

「承知いたしましてございまする」

会田七右衛門が手を突いた。

「ご苦労であった。下がっていい」

「はっ」

もう一度礼をした会田七右衛門が立ちあがった。

「ああ、代わりに五郎右衛門《ごろうえもん》をここへ」

「ただちに」

会田七右衛門が出て行った。

ほどなくして初老の家臣が、半左衛門のもとへやって来た。

る。

「お呼びだとか」

会田七右衛門と並んで、代々仕えてくれている譜代の家臣、杉浦五郎右衛門であ
「うむ。なかへ入れ」

廊下で膝を突いた杉浦五郎右衛門を、半左衛門は手招きした。

「ごめんを」

杉浦五郎右衛門が、近くに腰を下ろした。

「浪人者は小室へ着いたか」

「はい。幸い朽ちずに残っておりました獄へ繋いでおりまする」

半左衛門の問いに、杉浦五郎右衛門が首を縦に振った。

陣屋には年貢を納めきれなかった農民、罪をおかした天領の町人などを収監する
ための牢屋があった。太い木を組み合わせ、要所要所を金具で締めた獄は、百年の
雨風にも耐えていた。

「みょうなことは起こっていないか」

続けて半左衛門が訊いた。

「今のところはなにも」

杉浦五郎右衛門が答えた。

「手抜かりはないな」

「ご懸念には及びませぬ。十名を適所に配し、万一に備えておりまする。なにより、小室陣屋が廃されて百年以上になりまする。建物のほとんどが破却され、一部が残っているだけ。誰もあのようなところに気を止めることはございますまい」

心配するなと杉浦五郎右衛門が言った。

「いや、油断をするな。今まで無事であったから、このたびも大丈夫というのは通らぬ。考えてみよ、今まで神君お分けものを狙って、幾多の手が伸びてきたが、江戸の郡代屋敷を襲った者はいなかった」

「…………」

「半信半疑であった連中とは違うようだ。なにか、確信をもっておるような感じがする」

半左衛門は嘆息した。

過去、何度か神君お分けものを奪うため、伊奈家を襲った者はいた。御三家であったり、幕府老中だったりしたが、どれも本気とは思えなかった。

なにせ、あるかどうかさえわからないものなのだ。ただ、家康が死んだ後に分けられた遺産に行方不明の分があるということと、伊奈がかかわっているらしいという噂だけで動いただけであった。

「頼宣さまだけは、違ったらしい」

思い出すように半左衛門は述べた。

ただ一人しつこかったのが、紀州徳川頼宣《よりのぶ》であった。

「紀州徳川の……」

杉浦五郎右衛門が、息を呑んだ。

紀州家は家康の血を引く御三家で、五十五万石を誇る大藩である。とても四千石の伊奈家のかなう相手ではなかった。

「頼宣さまには、恨みがござったからな。天下をもらえなかったという恨みがな」

半左衛門は思い出すように、目を閉じた。

「余のすべてを譲る」

晩年の家康は、十男頼宣を寵愛し、その死後隠居領であった駿河五十五万石と、家臣団を譲った。ただ、将軍の座だけは、兄秀忠のものとし、頼宣には与えられなかった。
　愛されすぎた弟ほど兄にとって目障りなものはない。頼宣は、家康の死後すぐに
駿河の地を奪われ、江戸から遠い紀州へと移された。が、天下人から受け継いだ気
概は持ち続けていた。
「神君の遺産は、すべて余のものなり」
　おそらく家康から聞いていたのだろう。頼宣は、神君お分けものの残りを求めて、
伊奈家へ手を伸ばした。
「儂も先代より受け継いだだけの話だがな」
　頼宣の攻勢を受けた小室陣屋は、大きく破損し、その結果、伊奈家は本拠を赤山
へ移すことになった。
「よく防げました……」
　聞いた杉浦五郎右衛門が、息をついた。
「伊奈にかかわっておられぬよう、しただけだそうだ」
「かかわっておられぬよう……」

「由井正雪の名前を知っておろう」

半左衛門は告げた。

「あの謀反人の」

「うむ。その由井正雪と頼宣公につながりがあると見せたそうだ。謀反となれば、いかな御三家とはいえ、改易になる。頼宣公は、幕府の追及から身を守るので必死になり、とても神君お分けものを探すどころではなくなったそうだ」

「………………」

隠された真実に杉浦五郎右衛門が言葉を失った。

「護りきるのが役目。伊奈が四千石といいながら、四万石与えられている理由は、ただそれだけ。どのような手を遣っても許される」

「はっ」

呆然としていた杉浦五郎右衛門が、もとに戻った。

「ただ、このたびの敵は、頼宣公よりややこしそうだ」

しぶい顔を半左衛門はした。

「江戸の町中で郡代屋敷を堂々と襲い、そのあと町奉行や目付をよこす。よほど幕府でも上にいないと無理であろう」

「老中さまで……」

「少なくともな。下手をすれば将軍家そのものかも知れぬ」

「御上が、神君お分けものへ手を出されると」

杉浦五郎右衛門が絶句した。

「それだけ切羽詰まっておられるということなのだろう。背に腹は替えられぬ。先祖伝来の宝物を後生大事に護って餓死しては本末転倒であろう」

「それは仰せのとおりでございまするが」

「上様をお疑い申すのは、理由もあるのだ」

苦い顔で半左衛門は述べた。

「お聞かせ願ってよろしいのでしょうや」

ことが大きくなってきた。杉浦五郎右衛門が、遠慮を見せた。

「ここまで話しておいて、だめだとは言えまい」

半左衛門は苦笑した。

「今の上様は、八代将軍吉宗さまのお血筋じゃ」

「……………」

当たり前のことを言う半左衛門へ、杉浦五郎右衛門が黙った。

「吉宗さまは紀州徳川家の出」

「神君お分けもののことを、頼宣さまより伝えられていると」

「おそらくな」

杉浦五郎右衛門へ、半左衛門はうなずいて見せた。

「少しばかり遅くはございませぬか。頼宣さまより神君お分けものがあると報されているならば、吉宗さまが将軍となられたときに、なんらかの……」

「吉宗さまは、動けなかったのだ」

家臣の言葉のうえに、半左衛門は重ねた。

「なにせ、直系でない将軍だからな。譜代大名、紀州以外の御三家の反発がすさまじかったらしい。吉宗さまは、それに対応されるのに精一杯だったそうだ」

七代将軍家継に子がなかったことで、初めて幕府は、二代将軍秀忠の血を引かない人物を将軍とすることとなった。

将軍になるには二つの条件があった。まず、神君家康公の血を引いた者、続いて徳川の名跡を名乗っている者であった。必然、候補は御三家の当主に絞られた。

三人のなかでもっとも優位だったのは、御三家筆頭の尾張徳川であった。

しかし、尾張は脱落した。当主が続いて急死したのだ。まず四代藩主吉通が二十五歳の若さで変死、続いて五代藩主五郎太も二カ月後に三歳で早世、家督はなんとか吉通の弟継友へ継がれたとはいえ、不幸の続いた尾張徳川は不吉であると、将軍継嗣《けいし》から外された。

結果、御三家次席の紀州徳川家から吉宗が入り、八代将軍となった。

しかし、すんなりとことは終わらなかった。尾張徳川には、将軍位を取られたとの不満がたまり、譜代の大名たちは吉宗を田舎者と見て、軽視した。

「吉宗さまのご母堂さまが、ご身分軽きご出身であったのもよくなかった。吉宗さまのご母堂浄円院さまは、紀州二代藩主光貞さまのお湯殿係であったそうじゃ」

「お湯殿係でございまするか」

杉浦五郎右衛門が、目をむいた。

藩主の入浴を手伝うお湯殿係は、身分から行けば女中のなかでも低い。もちろんお目見えの身分ではないので、入浴の世話をしている最中でも、口をきくことは許されない。ただ藩主の背中を流すだけなのだ。

そのお湯殿係に光貞が、一度だけ戯れた。湯殿のなかで抱かれた浄円院が妊娠し、吉宗は光貞の子供として認知された。

「下賤の女の産んだ分家の子供が、譜代名門の尊敬を受けるなどまず無理だ。そんなときに、神君お分けものへ手出しなどしてみろ。待ってましたとばかりに、足をすくわれる。吉宗さまは、我慢されるしかなかった」

「なるほど」

「続いて九代将軍となられた家重さまだったが……」

わざと半左衛門は、口を濁した。

「神君お分けものへ手出しをなさるどころではなかった」

すぐに杉浦五郎右衛門が意図を読んだ。

吉宗の跡を継いだ嫡男九代将軍家重は、意志の疎通に問題があった。幼年期に患った熱病の影響で、ほとんど言語を発せられなかったのだ。一人側用人大岡出雲守忠光だけが、家重の意志を理解できたというが、とてもそんな状態で神君お分けものへ挑むなどできようはずもなかった。

「そして十代将軍家治さま、今の上様の代になられた。上様はご健康であらせられるうえに、ご聡明だ。紀州初代頼宣さまから続いてきた神君お分けものへ対する執着を果たされるになんの不足もない」

半左衛門は話を終えた。

「しかし、殿。御上がそうなさりたいのならば、神君お分けものの返上を命じられればよろしいのではございませぬか。いかに伊奈家が特別とは言え、将軍家の言葉にはさからえますまい」

杉浦五郎右衛門が問うた。

「我が伊奈家がお預かりしている神君お分けものには、条件がついている。ふさわしき者が求めるまで、秘して動かすなと。神君家康さまのご命ぞ。将軍家といえども、おかすことはできまい」

半左衛門は述べた。

「なればこそ、闇での争奪となるのだがな。人の欲というのは、なかなかに厳しいものだ」

あきれたように、半左衛門は口にした。

二

小普請伊賀者組頭須納の命によって、江戸を離れた伊賀者四名が、赤山陣屋の近くで忍んでいた。

「戻った」

陣屋の周囲を調べに出ていた伊賀者が帰ってきた。

「どうだ、三夜《さんや》」

「なにもない」

三夜が笑った。

「空堀と塀で安心しきっているのだろう。二つある門に番人はいるが、周囲を廻っている者は見当たらぬ」

「郡代陣屋に忍びこむ者がいるなどと思ってもいないのだろう」

別の伊賀者が同意した。

「よし。では、行くぞ。吾と三夜は表、次郎左《じろうざ》と与輔《よすけ》は裏から。天井裏は、こちらで見る」

「承知、床下は任せろ」

次郎左が引き受けた。

「芳太《よした》、蔵はどうする」

与輔が問うた。

郡代屋敷には年貢として納められた米を保管するために多くの蔵が建てられていた。

「屋敷のなかの探索を終えた者から蔵へ廻れ。調べ終わった蔵には、扉の左下へ土で印をつけろ」

芳太が命じた。

「わかった」

「散れ」

次郎左と与輔が闇へと消えた。

「行くぞ」

「おう」

二人も駆けた。

忍にとって陣屋の塀などないにひとしい。太刀を踏み台として足をかけ、あっさりと塀を乗りこえた芳太と三夜は、音もなく屋敷の雨戸を外し、苦もなく侵入を果たした。

「ここからだ」

芳太がそっと襖を開け、縁側から部屋のなかへと踏みこんだ。

「待っていたぞ」

真っ暗な書院に侍が座っていた。

「…………」

二人の忍の動きが止まった。

「その日のうちに来るとは思っていなかったが……」

ゆっくりと侍が立ちあがった。

「しゃっ」

三夜が懐に手を入れて、手裏剣を取り出すと躊躇なく撃った。

「ふん」

侍は手にしていた脇差を鞘ごと振って、二本の手裏剣を弾《はじ》いた。

「逃げるぞ」

振った脇差で侍の目が二人からそれた瞬間、芳太が背を向けた。

「…………」

無言で三夜も続いた。

開け放っておいた雨戸から、屋敷の外へ出た二人は、驚愕で足を止めた。

庭に数人の侍が槍を構えて待っていた。

「罠か」

芳太が臍《ほぞ》をかんだ。

「まったく気配がなかった……」

下調べを担当した三夜が、愕然としていた。

「夜襲の対応は、気配を消すことからであろう」

伊賀者のあとを追って縁側から庭へ出た会田七右衛門が述べた。

「しかし、殿の言うとおりだの」

会田七右衛門が感心した。

「このたびの相手は、かなり幕府でも上にいると仰せられていたが……忍まで遣えるとは、油断のできぬ」

「…………」

二人の忍が顔を見合わせた。

「誰の命じゃ」

静かな声で会田七右衛門が訊いた。

「…………」

返ってきたのは沈黙であった。

「すなおに述べれば、このまま見逃してくれるぞ」

会田七右衛門が誘った。

「しゃべる気はないか」

反応さえしない忍二人に、会田七右衛門が嘆息した。

「援軍を期待しているなら無駄だぞ」

「……ぬう」

芳太が小さく身じろぎをした。

「裏門にも人は配してある」

会田七右衛門が告げた。

「やめておけ」

じりじりと懐の手裏剣へと手を伸ばしかけた三夜を、会田七右衛門が止めた。

「ここに何人いるか、知っているのか」

会田七右衛門が右手を振った。

「……うっ」

三夜がうめいた。

母屋、蔵の屋根の上で、弓を持った侍が立ちあがった。

「忍の腕も落ちたものだな」

笑いながら会田七右衛門が言った。

「あきらめろ」

「三夜……」

会田七右衛門が説得した。

「承知」

芳太の言葉に、三夜が首肯した。

「しゃっ」

三夜がふたたび手裏剣を投じた。

「逃がすな」

かわしながら会田七右衛門が叫んだ。

「行けっ」

忍刀《しのびがたな》を抜きながら、三夜が陣屋の塀目がけて駆けた。

「すまぬ」

背中へ隠れるようにして芳太が続いた。

「放て」

会田七右衛門の命に応じ、屋根の上にいた射手たちが矢を撃った。

「ぬん」

三夜が足を止めて矢を忍刀で払った。その隙に芳太が前へ出た。

「追え」

会田七右衛門の言葉に、槍を持っていた家臣が走った。

「させぬ」

頭巾のなかで呟きながら、三夜が槍をもった侍へと飛びかかった。

「しゃっ」

「おうりゃあ」

槍と忍刀では間合いが違う。三夜の忍刀が届かぬ間合いから、槍が繰り出された。

「…………」

駆けた勢いを殺さず、三夜が身体をひねり槍を避けた。

「なにっ」

長い槍は、懐へ入られると取り回しにくくなる。あわてた家臣が槍を手元へ引こうとするが、間に合わなかった。

「えいっ」

忍刀がひらめいて、槍を持った侍の首から血が噴いた。

「坂崎《さかざき》」

同僚があわてて槍を三夜へとつけた。

「全員で相手にするな」

三夜へ向けられた注意を、会田七右衛門は解こうとしたが、興奮した侍たちには聞こえなかった。

敵味方入り乱れてしまえば、味方を誤射するかも知れない弓矢は使えなかった。

「弓。逃げた忍を射よ」

あわてて会田七右衛門が声をあげた。

「はっ」

急いで撃たれた矢だったが、遅かった。

芳太の姿は、塀の向こうへと消えていた。

「まずった」

陣屋の外へ出た忍を捕まえることは難しい。

「そいつだけでも逃がすな」

会田七右衛門が指示した。

「……しゃっ」

すばやい体術で、包囲した侍たちを翻弄し続けた三夜も限界が来た。

「あっ」

左右から出された二本の槍をかわしたとき、足下が少し揺らいだ。

「えいっ」

体軸のぶれを隙と見て、別の槍が突いてきた。

「くっ……」

三夜の右太ももに槍が傷をつけた。

わずかな傷でも、動きは一気に鈍る。

「そこっ」

一度かわされた槍が、棒のように薙いできた。

「やっ」

跳んでかわそうとした三夜の身体は、足の痛みで思ったほどあがらなかった。

「つううう」

したたかに臑《すね》を打たれて三夜が落ちた。

「死ねっ」

「とどめだ」

狙い澄ましたように槍が出た。

「ああ」

腹と胸に槍を受けた三夜が苦鳴をあげた。

「裏はどうなった」

会田七右衛門は、断末魔の三夜から目を離して問うた。

「二人とも仕留めたそうでございまする」

報告がもたらされた。

「うむ」

うなずいた会田七右衛門が苦い顔をした。

「一人逃がしてしまったな。殿へご報告申しあげねば」

会田七右衛門が、嘆息した。


「そうか。ご苦労であった」

聞いた半左衛門は会田七右衛門をねぎらった。

「忍の身体を探りましたが……」

「なにも出なかったか」

「はい」

申しわけなさそうに会田七右衛門が首を垂れた。

「当然である。忍の身元が知れては、話にならぬ」

半左衛門は、気にするなと会田七右衛門をねぎらった。

「殿……」

憔悴した顔で会田七右衛門が半左衛門を見た。

「………」

半左衛門も会田七右衛門へ目をやった。

「忍が参りましたのは、やはり……御上」

「早計じゃと言いたいところだが、今、忍を抱えておるものは、ほとんどない」

重い声で半左衛門が言った。

群雄割拠していた戦国の時代、大名たちは争って忍を抱えた。上杉の軒猿、伊達の黒はばき、武田の甲州忍、北条の風魔、真田の歩き巫女《みこ》と枚挙にいとまがない。あの忍嫌いであった織田信長でさえ、木曽衆という忍をもっていたのだ。

しかし、戦国が終わり徳川の天下となると、忍を抱え続けることは負担となった。

忍の身分は低く、家禄も少ないのだが、その育成には多額の費用を要した。

忍の技というのは、門外不出である。それこそ己が開発した技は、同僚であろうとも隠し通す。当然、他国の者に知られるなど論外である。往々にして忍の里は、他人の目の届かないところに作らざるを得なくなる。

また、忍を一人前にする修業場所も要った。なにより金を食うのは、忍として育てる子供の数を確保することであった。優れた忍の子が、かならず忍として大成するわけではないのだ。遣いものになる忍を一人作り出すためには、その十倍近い子供を用意しなければならなかった。

泰平となった今、遣うことさえない忍を維持するため、それだけの費用をかけられる大名などいない。かつて戦国の夜を支配した各地の忍は、絶滅したといっても過言ではない。

「現在、残っている忍は、伊賀組、甲賀組、根来《ねごろ》組、黒鍬《くろくわ》者、お庭番、くらいでございましょうか。どれも御上の手に」

指を折って会田七右衛門が数えた。

「甲賀組は大手門の門番に満足して、忍としての技を伝えておらぬと聞いた。鉄砲組同心となった根来組も同じだ」

「では、伊賀組、黒鍬者、お庭番」

「もう一つ、御上ではないが、藤堂家に伊賀無足人というのがある」

半左衛門は付け足した。

藤堂とは、伊賀と伊勢を領する外様大名である。家康の信頼が厚く、大坂の豊臣秀頼の東上の道となる伊賀街道を抑える位置に配された。

「藤堂家ならば、神君お分けもののことを知っていてもおかしくはございませぬか」

「いいや、藤堂ではなかろう」

己が口にしておきながら、納得しかかった会田七右衛門へ、半左衛門は首を振った。

「いかに神君家康さまに重用されたとはいえ、藤堂は外様である。神君お分けものへ手を伸ばしたことが、御上に知れてみよ。潰されるぞ」

「たしかに。考えがたりませなんだ」

会田七右衛門が詫びた。

「となりまする」

「うむ。伊賀者か、黒鍬者か、お庭番かはわからぬが、忍を使えるのは、御上のかなり高位にあられるお方」

「それは……」

音を立てて会田七右衛門が唾を飲んだ。

「護りきれましょうや」

「できるとしか言えぬ。いや、せねばならぬ。何度も神君家康さまに逆らっておきながら、伊奈の家を潰さず、これほどの厚遇をあたえてくださったのだ。その恩恵に報いるのは当然であろう」

半左衛門は決意を見せた。

「武士はご恩と奉公。それが根幹じゃ」

伊奈家の姿勢を口にした半左衛門の意図は、同時に会田七右衛門たちへ、覚悟を求めるものでもあった。

「……はっ」

一瞬の間をおいて、会田七右衛門が平伏した。

三

赤山陣屋から逃げた芳太は、あとも振り返らず江戸へ戻った。

「一人だけか」

帰ってきた芳太から事情を聞いた須納が腕を組んだ。

「いまどきの侍に、それだけの腕があるとは。これは田沼さまのお話もまちがいなさそうだな」

須納がつぶやいた。

「どういたせばいい」

芳太が問うた。

「伊賀の掟《おきて》か」

「そうだ」

大きく芳太がうなずいた。

伊賀の掟とは、仲間を殺された復讐はかならずするというものである。

戦国の時代、どの大名にも膝を屈することなく伊賀が生きていけたのは忍たちの強い結束があってこそであった。

山に囲まれ、さしたる農地のない伊賀では、生きていくだけの収穫が期待できないため、外へ稼ぎに出て行くしかなかった。命を賭けて任を果たし、金を持ち帰ってくる者こそ、伊賀のすべてであった。なればこそ、他国ではかなく散った者への鎮魂は、なによりも大切であった。

「もちろん、伊賀の掟は揺るがしてはならぬ」

須納が答えた。

「だが、今ではない」

「どういうことだ。ことによっては組頭といえども、許さぬぞ」

目の前で芳太を生かすために、三夜が犠牲になってくれたのだ。芳太は、須納へと詰め寄った。

「昂《たか》ぶるな」

顔を真っ赤に染めた芳太を、須納がなだめた。

組頭といったところで、禄高があからさまに多いわけではなく、世襲制でもない。

小普請伊賀者のなかから、経験や人望を加味して、先代である組頭から任命されるだけでしかない。先達としての尊敬を受けてはいるが、そのようなものは、ちょっとしたことで容易にひっくり返ってしまう。

「落ち着け。誰も掟を破るなどとは申しておらぬ」

「ならば……」

「少しは、話を聞け」

さらに近づいた芳太を、須納が手で押し返した。

「三夜、次郎左と与輔。三人がやられた。一度にこれだけの術者を失ったのは、神君伊賀越えのお供をして以来だろう」

静かに須納が語り始めた。

「それを黙ってすますわけには絶対にいかぬ。他の伊賀組に知られれば、大恥よ」

伊賀者の多くは四谷の組屋敷で暮らしている。そこでいきなり三人もの葬式が出れば、いくら秘密にしていたところで、なにかあったと知られるのは自明の理である。

もともと伊賀者は、幕府の探索方であった。八代将軍吉宗が紀州から根来修験の流れを引くお庭番を江戸へ連れてきて以来、隠密御用は伊賀から奪われてしまったとはいえ、かつては命を受けてそれこそ、薩摩から蝦夷まで忍んだのだ。

当然、行ったきりで戻ってこない者もいた。

薩摩飛脚、または遠国御用、そう呼ばれた任は、命がけになることが多く、上意を受けた伊賀者は、あらかじめ葬儀をあげてから江戸を離れた。

伊賀の陰葬儀である。陰葬儀がおこなわれたことで、組内の者は幕府の命がくだったと知り、その後どうなったかを詮索しなくなる。

しかし、今回は陰葬儀どころか、幕府からの隠密御用でさえない。小普請伊賀組から同時に三つも葬儀が出れば、お広敷伊賀者、明屋敷伊賀者などの、他組から不審の目が向けられるのは避けられなかった。

「小普請伊賀者の存続にかかわるのだ。あまり表立つわけにはいかぬ」

「…………」

理のある話に、芳太が沈黙した。

「なにより、田沼さまの任を果たしている最中なのだ。ここで、古来の掟でござると、恨みを優先してみろ。田沼さまのご機嫌を損なうこと確実である」

「ううむ」

田沼主殿頭に睨まれれば、小普請伊賀者など虫を指先でひねるがごとく潰される。

「今は辛抱せい。恨みを忘れたわけではない。田沼さまの仕事をすませてから、伊奈に思い知らせてやるのだ。伊賀のしつこさを」

須納が述べた。

「……わかった」

芳太が引いた。

「では、どうするのだ」

あらためて芳太が問うた。

「三人も失っては、手が足りぬぞ」

「ああ」

言われて須納が首肯した。

小普請伊賀者は、山里伊賀者より多いとはいえ、わずかに十三人である。本来の仕事である江戸城の細かい修繕などに、当番として一日に四人は出さなければならない。実質動けるのは九人、そこから三人を失ったのだ。残った六人では、どうしても手が足りなくなる。

「手が足らぬので、できません。これで、許していただけるとは思えぬ」

須納が立ちあがった。

「どこへ」

「ありのままを田沼さまにご報告申しあげてくる」

「そのようなまね、小普請伊賀組の価値を傷つけるだけではないのか。なにか他の方法を考えるべきぞ」

驚いて芳太が止めた。

「いいや。上に立つお方というのは、心の狭い者だ。知らぬところでなにかあることを極端に嫌われる」

「…………」

「とくに、低き身分から一代で成りあがられた方ほどな。人の口にのぼるような立身出世をすると、どうしても反発を受ける。その一方で、おこぼれに与《あずか》ろうと近づいてくる者も増える。芳太、この二つに共通するものがわかるか」

師のように須納が問いかけた。

「敵と味方のか」

「どうだ」

「共通するもの……わからぬ」

　芳太が音をあげた。

「どちらもまずいことを報せぬのだ」

「まずいことを報せぬ……」

　わからぬと芳太が首をかしげた。

「敵は不利になることを言うまい。そこに落とし穴を掘ったぞなどと教えるはずはない」

「それはそうだ」

「また、おこぼれに与ろうと近づいてきた者は、田沼さまのご機嫌を損ねたくはない」

「当然だな」

　芳太がうなずいた。

「となれば、耳触りのよい話しかするまい。本当にたいせつな、不利な状況が聞こえなくなれば、人はどうなる。順風満帆だとして、浮きあがるだろう。足下に大きな罠が仕掛けられているともしらず。そしてある日、罠に蹴躓《けつまず》き、転がり落ちることになる。そのとき、敵は快哉《かいさい》を叫び、おこぼれに与ろうとしていた者は、巻きこまれまいと背を向けて消えていく」

「ふむ」

「我ら小普請伊賀者は、田沼さまにつくと決めた」

須納が続けた。

「伊賀者という侍扱いさえされぬ身分から脱する最後の機会だと思ったからだ」

「…………」

無言で芳太が首を縦に振った。

「今まで伊賀を利用するために声をかけてきたお歴々は多い。だが、皆、用がすむと弊履《へいり》のごとく伊賀のことなど忘れた。田沼さまもそうなるやも知れぬ。しかし、儂はかけた。己の目で田沼さまを見、話を聞き、したがうと決めた。なればこそ、田沼さまに潰れていただいては困るのだ」

しっかりとした口調で須納が宣した。

「まずいことでも耳に入れる。これは信頼につながる。もちろん、耳に痛いことを言うとして遠ざけられるやも知れぬ。そうなったら、手を引けばいい。田沼さまが、頼るには器が小さかったとあきらめも付く。そしてふたたび小普請伊賀組として細々生きていけばいい」

「ご意見承った」

芳太が姿勢を正した。

「お任せする。組頭どの」

「おう」

須納が胸を張った。

最後の客をあしらった田沼主殿頭意次《おきつぐ》が、ほっと息をついたのは、すでに深更に近かった。

「おつかれさまでございました」

用人の樫村が、白湯《さゆ》を出した。

「眠れなくなるからといって、白湯を出すな。疲れたときこそ、茶の香りが欲しいのだ」

　樫村の気遣いへ、田沼主殿頭が文句をつけた。

「お休みになりませぬと、お身体がもちませぬ。どうぞ、このまま御寝《ぎょしん》なされますよう」

「そうはいかぬようだ。茶を出せ。来客じゃ。やれ、まだ眠らせてはもらえぬわ」

　小さく嘆息しながら、田沼主殿頭が命じた。

「来客でございますか」

　樫村が困惑した。

「出て来い、須納」

「おそれいりまする」

　部屋の片隅、樫村よりも廊下に近いところで影が湧いた。

「な、なにやつ」

　樫村があわてて、田沼主殿頭の前へ立ちふさがった。

「落ち着け。来客だと申したであろう」

　家臣の動きに満足げな笑みを浮かべながら、田沼主殿頭が樫村を抑えた。

「この者がでございまするか」

まだ樫村は警戒を解いていなかった。

「話が進まぬ。どくがいい。余が許しておるのだ。須納、近くへ来い」

田沼主殿頭が、樫村を下がらせ、須納を招いた。

「はっ」

「承知いたしましてございまする」

二人は命じられたとおりに応じた。

「失敗したか」

須納が口を開く前に田沼主殿頭が言った。

「申しわけございませぬ」

深く須納が頭を下げた。

「話せ」

「……という次第でございまする」

三人を失ったことまで隠さず須納が告げた。

「待ち伏せされていたか。伊奈半左衛門、やるの」

楽しそうに田沼主殿頭が笑った。

「赤山陣屋の警戒は、じつに厳重。調べましたところ、赤山に伊奈家の家臣、そのほとんどが在しておるようでございまする」

須納が説明を加えた。

「四万石に匹敵する家臣のほとんどがか」

「はい」

「ふうむ」

田沼主殿頭が思案に入った。

「それだけの家臣を置いているならば、やはり神君お分けものは赤山に」

しばらく待っていた須納が、問うた。

「……いや、違うだろう」

ゆっくりと田沼主殿頭が口を開いた。

「神君お分けものは百万両だと言われている。慶長大判で十万枚だ。どれほどの量になるかわかるか」

「いいえ」

須納が首を振った。

一両小判でさえ、滅多に見ることがないのだ。慶長大判などと言う、大名同士の贈りものにしか遣わないようなものなど、伊賀者が知るはずもなかった。

「しばし待て」

立ちあがった田沼主殿頭が、袋戸棚から桐の箱を取り出した。

「見るがいい」

座に戻った田沼主殿頭が、須納へと桐箱を押した。

「拝見つかまつりまする」

蓋を開けた須納が息をのんだ。

「それが慶長大判よ。先日西国のある大名が、挨拶代わりにと置いていった」

「これが……」

鮮やかな金地に墨痕が書かれた慶長大判は、須納の肝を抜いていた。

「触れ。重さも知っておけ」

田沼主殿頭が箱から大判を取り出して、軽く投げるようにして渡した。

「は、えっ」

須納があわてて受け取った。

「重い」

手にした須納が、思わず漏らした。

慶長大判は、四十四匁《もんめ》（約百六十五グラム）もあった。普通の小判の五匁弱（約十八グラム）に比べれば約十倍である。

「もう結構でございまする」

目より高く掲げて、須納が慶長大判を田沼主殿頭へ返した。

「うむ」

受け取った田沼主殿頭が、手のひらで大判をもてあそんだ。

「一応、大判は十両換算とされるが、実際両替すると手数料が高く七両二分にしかならない」

「七両二分でございまするか」

「表ではな」

田沼主殿頭が大判を桐箱へ戻した。

「慶長大判はな、金《きん》が多いのじゃ」

「まさか……鋳つぶされるおつもりで」

聞いた須納が息をのんだ。

「そうじゃ。慶長大判は、およそ七分が金でできておる。四十四匁中の七分、ざっと三十匁ちょっとが金じゃ。そして、今遣われている小判は、一枚につき六分半が金。二匁半ほどだ。つまり、慶長大判一枚を潰せば、小判が十二枚できる」

「それほど増えたとは思えませぬが」

須納が首をかしげた。

「使えるな、そなたは」

満足そうに田沼主殿頭がうなずいた。

「儂はな、小判を改鋳しようと考えておる」

田沼主殿頭が告げた。

改鋳とは、市中に出回っている小判を回収し、それを鋳つぶして新たな小判を作ることである。

元禄時代、五代将軍綱吉の浪費に困った勘定奉行荻原近江守重秀《おぎわらおうみのかみしげひで》が、品位の高い慶長小判を回収し、金を減らした元禄小判に交換し、数十万両を幕府へ還元した話は有名である。

もっとも、品位の落ちた元禄小判は慶長小判と同じ価値では通用せず、物価の上昇を招き、庶民の生活を大きく圧迫するという弊害を生んだが、幕府の財政に一息つかせたのは確かであった。

「小判の品位を五分まで落とそうと思う。そうすれば、一枚の小判に使われる金は二匁、慶長大判一枚から十五両が作れる。となれば、百万両は、百五十万両ということになる」

「五十万両の差………」

須納が絶句した。

「もちろん、そのようなまねをすれば、どのような影響が出るか、わかっておる。だが、そこまでせねばならぬほど、幕政は逼迫《ひっぱく》しておるのだ」

毅然とした態度で、田沼主殿頭が述べた。

「これ以上は畏れ多いことでございまする」

「政の話にはかかわりたくないか」

「分不相応で」

田沼主殿頭へ須納が頭を下げた。

「気に入った。こたびのことは不問とする」

「かたじけないお言葉」

平蜘蛛のように須納が平伏した。

「赤山にないとすれば、残るは……」

「伊奈もう一つの陣屋小菅は、江戸に近すぎませぬか」

須納が問うた。

武蔵国小菅は、江戸を出てすぐの葛飾にある。品川にも近く、人目につくということでは、赤山を上回っていた。

「いや、小菅にはないだろう。余が申しておるのは、小室よ」

「小室とは」

「武蔵国よ。小室は今でこそ廃されているが、大元は伊奈家の居城よ」

「居城」

「うむ。さかのぼるのは、豊臣秀吉公による北条征伐じゃ。北条を滅ぼしたあと、神君家康さまは、三河から関東へと移られた。そのとき、神君家康公は伊奈熊蔵忠次に小室一万石を与え、代官頭とされた。小室陣屋は伊奈忠次が、中山道の押さえとして建てたものじゃ」

詰まることとなく、田沼主殿頭が述べた。

「万石でございまするか」

「うむ。伊奈忠次に目を見張るような手柄はないが、なぜか神君家康さまは、一万石を給された。神君家康さま関東ご入府のおり、万石以上を与えられた家臣は、五十名以上いるが、酒井家次、平岩親吉ら、名の知れた部将が、二万石とか三万石、彦根三十三万石の井伊でさえ十二万石だったときに、伊奈は一万石を得ている」

「功なき家臣に一万石……。先渡しと考えるべきでございましょうか」

「余はそう思う。その伊奈が、関ヶ原の合戦前に作った小室陣屋……そこへ伊奈が立ち寄るかどうかだ。お分けものがそこにあるとなれば、我らの気を引きたくはないと、素通りするか。行列に人はつけておるだろうな」

「一人行かせてございまする」

「よくしてのけた。言われる前に気がまわらぬようでは、困る」

田沼主殿頭が褒めた。

「過分なお言葉」

須納が恐縮した。

「どうした。もう下がってよいぞ」

「…………」

「手が足りぬか」

去ることなく逡巡している須納へ、田沼主殿頭が声をかけた。

「恥ずかしながら」

須納が身体を縮めた。

「小普請伊賀組は二人三人と子を抱えるだけの余裕もなく、失った三家を相続する者にも不足するようなありさまで……」

「無理もないことである」

田沼主殿頭が首肯した。

「では、明屋敷伊賀者をそなたの下へつけてやろう」

「かたじけなき」

額を畳にこすりつけて、須納が感謝した。

四

赤山陣屋で三日過ごした半左衛門は、ゆっくりと支配地の巡検をしていた。

「百姓どもは、あいかわらず覇気がないの」

「ここ数年、あまり米の出来が芳しくございませぬので」

供している杉浦五郎右衛門が答えた。

「気が重いの」

苦い顔を半左衛門は見せた。

神君お分けものを預かっているとはいえ、半左衛門の本職は関東郡代である。預けられている三十万石近い天領からあがる年貢を収集し、勘定奉行へと納入するのが役目であった。米の出来不出来は、天候に左右されるが、勘定奉行にとっては関係ない。あらかじめ予算として組みあげてあるだけの年貢を要求してきた。

「昨今の諸色高騰により、御上の財政も厳しくなっておる。代官どもは、決められただけの年貢を取り立てるだけでなく、より多くの米を集めるよう、奮励いたせ」

つい先日、江戸城下勘定所へ郡代代官が集められ、勘定奉行から訓示があったばかりであった。

「風当たりがな」

半左衛門は嘆息した。

担当している関東のうち、とくに武蔵国は気候の影響もあって、年ごとに物成りが上下した。

「殿より百姓どもへ声をかけていただけば、それだけでも違いまする」

杉浦五郎右衛門がなぐさめた。

「それですめばよいのだがな」

いろいろ重なった半左衛門は疲れていた。

「まもなく小菅の陣屋に着きまする。今宵はゆっくりと御休息なされませ」

「ああ」

半左衛門はうなずいた。

品川に近い小菅陣屋は、赤山に比べて規模は小さいが、まだ新しい。

「ほう」

陣屋で落ち着いた半左衛門の前に、夕餉《ゆうげ》の膳が並べられた。

「これは雉《きじ》か」

「はい。殿がお見えになると聞いた小菅村の庄屋から、献上されたものでございまする」

給仕についた小姓が述べた。

「うまそうだ」

さっそく半左衛門は箸を伸ばした。

四千石の旗本とはいえ、家計に余裕があるわけではなかった。実質四万石という収入をほこっているが、それに見合う以上の家臣を抱えていることもあり、伊奈家の当主たちは代々質素倹約を旨《むね》としていた。

「江戸ではお目にかかれぬな」

半左衛門は雉をゆっくりと味わった。

普段の夕餉は、飯に汁、野菜の煮ものと漬けものだけである。魚がつくなど、月に何度もない。

「代わりを」

「はっ」

突き出された茶碗を小姓が受け取った。

おかずが少ないぶん、武家は米を食う。一人扶持が一日玄米五合と決められているのは、だてではなかった。半左衛門は五杯の飯を平らげて、ようやく夕餉を終えた。

「片付けさせていただきまする」

膳をさげた小姓が出て行った。

「殿」

入れ替わりに、杉浦五郎右衛門が入ってきた。

「小室へ寄られまするか」

杉浦五郎右衛門が訊いた。

「どうするかの」

半左衛門は目を閉じた。

「気を引くか」

しばらくして半左衛門は述べた。

「伊奈家の領地でございまする。寄らぬほうがかえって目立つかと」

意見を杉浦五郎右衛門が述べた。

「行列に目がつけられているならば、寄らぬと疑われるか。ふむ、それを利用するのも手だな。小室をわざと襲わせるか」

「あると思わせるのでございますな。では、そのように手配をいたしまする」

「任せた」

半左衛門は、頼んだ。

「……殿」

少しためらいながら、杉浦五郎右衛門が呼びかけた。

「なんだ」

「代を継ぐおり、父よりも聞きましてございまする。何度となく、伊奈はお分けものことで襲われ、何人もの家臣が死んでいると。殿、もうお返ししてはいけませぬか」

杉浦五郎右衛門が言った。

「誰に返すというのだ」

「上様へ」

はっきりと杉浦五郎右衛門が告げた。

「ならぬ」

きっぱりと半左衛門は拒んだ。

「なぜでございまするか。上様は神君家康さまのお血を引かれるお方。神君お分けものを受け継がれて、なんの不思議がございましょう」

杉浦五郎右衛門が尋ねた。

「…………」

半左衛門は、大きく息をついた。

「今の上様は、血を引いておられぬ」

「な、なにを」

驚愕の声を杉浦五郎右衛門があげた。

「上様は神君のお血筋ではないと仰せられるか」

「そうではない。上様はまぎれもなく神君家康公の御子孫である」

「どういうことでございまするか」

わからぬと杉浦五郎右衛門が首をかしげた。

「ただ、伊奈家がお預かりした神君お分けものを受け継がれる資格はないのだ」

小さく半左衛門は首を振った。

「神君家康公の跡を継がれたのは、三男の秀忠公であった」

「はい」

幕府に仕える者として、将軍継嗣の話は知っていて当然であった。

「長子相続を旨とする家康公が、なぜ三男である秀忠公に将軍をお譲りになったか。そう。長男信康公すでに亡く、次男秀康公は結城家へ養子として出られていたからである」

「…………」

無言で杉浦五郎右衛門が聞き入った。

「わからぬか」

半左衛門は杉浦五郎右衛門を見た。

「信康さまと秀康さまには、将軍を継げる資格があった。とくに信康さまは嫡男《ちゃくなん》であられたのだ」

「それはわかりまするが、徳川が天下を取ったとき、信康さまはすでにお腹を召されていたあと」

杉浦五郎右衛門が答えた。

徳川家康と今川義元の養女築山殿の間に生まれた嫡男信康は、天正七年（一五七九）、妻で織田信長の娘であった五徳の讒言《ざんげん》によって、武田勝頼との内通を疑われ、母共々処断された。享年二十一歳であった。

信康は、天正五年（一五七七）夏、長篠合戦の復讐とばかりに攻めてきた武田勝頼の軍勢を止め、大井川を越させなかったほど武に優れていた。家康から東三河の諸将を預かった信康は、部将たちをまとめ、ただ武辺だけの将ではない才能も見せていた。

そのできのよさが、将来の禍根となると踏んだ信長が、罪を押しつけて殺したとまことしやかに伝わるほどの部将であった。

信長と同盟を組んでいた家康は、涙をのんで信康に腹切らせたが、のちのちもそのことを悔やみ、関ヶ原では「息子さえおれば、儂はここに来ずともすんだものを」とまで言ったという。

「戦国の世である。跡継ぎが確定していないのは、家のなかでの不協をまねき、いくつかに割る恐れがあった。事実、家康さまが譜代の老臣たちを集めて、二代目は誰にすべきかと訊かれたとき、一部は四男忠吉さまを推したとか。ようやく天下を取ったばかりで、まだ大坂に豊臣家が残っていたのだ。家中を二つに割ることは許されない。また、海千山千の戦国大名どもを率いていくには、弱冠では難しい。なにより、家康さまがすでに高齢であられた。天下は家康さまの力で徳川へ来た。もし、家康さまに万一があれば、天下の風は、豊臣へ戻りかねない。家康さまは、急いで秀忠さまへ将軍を譲られ、徳川を一つにまとめられた。そうせざるをえなかったのだ」

ていねいに半左衛門は説明した。

「それで頼宣さまは、天下を譲られなかった」

手を打って杉浦五郎右衛門が納得した。

家康が征夷大将軍を受けたのは、関ヶ原の合戦のあった慶長五年（一六〇〇）から三年後の慶長八年である。幕府を開いた家康は、慶長十年（一六〇五）、豊臣家を滅ぼす前に、将軍職を三男秀忠に譲って大御所となった。このとき、家康最愛の息子、頼宣はまだわずかに四歳でしかなかった。

「四歳では天下どころか、刀でさえまともにつかめぬからな」

　半左衛門は同意した。

「のう、五郎右衛門」

「はい」

　話しかけられた杉浦五郎右衛門が応じた。

「譲りたかった息子へ、なにもやれなかった。弟には天下、あるいは数十万石におよぶ領地を与えてやったにもかかわらずだ。年老いた親は、己の死を目前にしたとき、どう思うであろう」

「後悔なさるしかないのでは」

　杉浦五郎右衛門が答えた。

「であろうな」

「ですが、殿。神君家康さまのご後悔は違ったのではございませぬか」

「どう違う」

　半左衛門が問うた。

「家康さまの後悔は、信康さまを守れなかったことへのものであったのではないかと」

「それもおありになられただろうな」

「他にもあると仰せでございまするか」

「うむ。でなければ、神君お分けものを分断される意味がない。よいか。伊奈家が預かっているお分けものは、正統なる徳川の継承者がお姿を見せられたとき、お渡しするものなのだ」

言い聞かせるように、ゆっくりと半左衛門は言った。

「正統なる後継者……上様ではないお方……」

「徳川の正統たる嫡男の系譜」

「信康さまの……」

驚きで杉浦五郎右衛門が、目を見開いた。

「お待ちくださいませ」

杉浦五郎右衛門が首をかしげた。

「確か、信康さまには、姫君が二人おられただけ。上の姫は小倉の小笠原家の先祖秀政さまへ、下の姫は、徳川四天王本多忠勝さまがご子息忠政さまへ嫁がれたと聞き及びまするが」

　さすがに郡代の懐刀《ふところがたな》と言われるだけあった。杉浦五郎右衛門は、将軍家の系譜をほとんどそらんじていた。

「男子がおられたとすればなんとする」

「そのようなことがあれば、御三家以上の大名となられているはず……殿」

　杉浦五郎右衛門が、半左衛門の顔色から意図をさとった。

「信康さまは、織田信長公の勘気を買って、腹切られたのだ。それも武田家への内通という、いわば謀反に近い罪でだ。もし、男子がおられたとすればどうなる」

「……うっ」

　大きく杉浦五郎右衛門がうめいた。

「戦国の倣《なら》い、将来の禍根は断てとなるのは必定。とくに信長公は、厳しい処断で知られたお方だ。浅井長政どのの幼い男子がどうなったか、知っておろう」

「殺された……」

「間違いなくな」

半左衛門は淡々と言った。

「信康さまの切腹の見届け人が誰であったか知っておるか」

「そこまでは」

杉浦五郎右衛門が首を振った。

「介錯人《かいしやくにん》服部半蔵正成、見届け人天方《あまかた》山城守」

「服部半蔵……伊賀忍者の頭領」

聞いて杉浦五郎右衛門が目をむいた。

「勘違いをするなよ。服部半蔵どのはな、忍ではない。伊賀の地侍の出であることは確かだが、立派な武士《もののふ》よ。本多忠勝さまにはおよばないが、槍の名手として知られ、槍の半蔵とよばれたほどの武人」

「さようでございましたか」

認識の訂正を、杉浦五郎右衛門は了解した。

「ただし、本人が忍でないだけで、伊賀忍者の頭領筋の出身であることは確かだ。その服部半蔵どのが、信康さまの死に立ち会った」

「逃がされたのでございまするな」

杉浦五郎右衛門が身を乗り出した。

「いいや。さすがに無理だ。信長公は執念深い。娘を嫁にもらっていながら、側室を愛《め》で、五徳さまをないがしろにした信康さまのことを憎まれていたはずじゃ。なにより、殺すと命じた限り、死を確認せぬわけにはいくまい。逃げ出して隠れながらでも生きていれば、いつその刃が牙むくやも知れぬではないか。匿《かくま》おうにも、信長さまが信康さまの首を求められたら、それまでなのだ。そのうえ、信長公と信康さまは、何度も会っておられる。顔も十分に知っておられるのだ。身代わりも使えぬ。つまりは信康さまには死んでいただくしかない」

せつなく半左衛門は首を振った。

「だが、信康さまのご子息さまは、ごまかせる。信長公に見られておられぬのだ。それこそ、身代わりで年格好の似た子供の首を差し出してもいい」

「…………」

非道な話に、杉浦五郎右衛門が黙った。

「それですみましょうか」

信長の苛烈さは、語りぐさとなっている。杉浦五郎右衛門が疑問を呈した。

「これは、儂の推察でしかないが……信長公もそこまでする気はなかったのではないかと思う。己の跡取りである信忠さまにくらべて優秀な信康さまを排するだけで十分だった。儂はそう考える」

信長が信康を殺そうとした内面へ、半左衛門は踏みこんでいた。

「だから見逃したと」

「それに、そこまでやれば徳川へ残る恨みは骨身へと染みていく。まだ天下を統一するのは不十分な状況で、唯一の同盟者を失うわけには行くまい。毛利や、北条を攻めている最中に徳川が裏切ったら、織田の天下取りなど終わりぞ」

「たしかに」

杉浦五郎右衛門が理解した。

「生かされた息子が元服するころには、織田が天下を取っている。その自負もあられたのだろうな」

半左衛門は遠くを見るような目つきをした。

「では、信康さまの若君が……」

「信康さまから託された天方山城守が、信長公の目から逃れるため、いずこへか連れて行かれたという」

「今、どこに」

　ぐっと杉浦五郎右衛門が、膝を進めた。

「わからぬのだ」

「なんと……」

　肩の力を落として、半左衛門は嘆息した。

「信長公の目から逃げるのだ。西へ行ったとは思えぬ。武田家か北条か、どちらかは知れぬが、東へだろう」

「ではなぜ、本能寺の変で織田信長公が亡くなられたあと、呼び戻されなかったのでございましょう」

　杉浦五郎右衛門が重ねて問うた。

「唯一行方を知っていた天方山城守が、のち家康さまのご勘気を被り、逐電《ちくでん》してしまったのだ」

「馬鹿な……」

「だからこそ、神君家康さまは、伊奈家に本来天下を継ぐはずだった信康公のお血筋へ、慰めの金として百万両を預けられたのだ。いつの日か、信康さまのご子孫が受け取りに来られるまで護れと命じられてな」

「……………」

「伊奈が関東郡代から外されぬ理由が、ここにある。甲州か、相模か、あるいは武蔵か。信康さまのお血筋が名乗られたとき、もっとも早く保護できるようにと。表にできぬ役目とはいえ、神君より命じられたものだ。徳川に仕える者として、かならず果たさねばならぬ。どれだけ辛い思いをなすともだ。わかるな」

「はい」

半左衛門の決意に、杉浦五郎右衛門が、賛した。

第四章　走狗悲哀

一

大名はなんの役に就いていなくとも、決められた日には江戸城へ上がり、将軍家治へ挨拶に出なければならなかった。

徳川家康が江戸城へ入った八月一日を記念してもうけられた朔日《ついたち》登城はなかでも重視され、江戸に在府している大名は当然、国入りしている者は嫡男あるいは弟、筆頭家老などを代理として、必ず参加しなければならなかった。

「上様のおなり」

白書院へ家治が入ってきた。

式日登城のお目見えとは、御三家や越前家など、徳川ととくにゆかりの大名以外は、個別ではなく、同格の大名と並んでひとからげにおこなわれる。

一人一人に声をかけられることもなく、決められた口上を家治が言うのを、畳へ額をこすりつけたまま聞くという苦行でしかなかった。

「左兵衛督どの」

家治が出て行ったあと、目付の合図でようやく白書院をでることができた柳沢左兵衛督は呼びかけられて足を止めた。

「これは主殿頭さま」

振り向いた柳沢左兵衛督が、あわてて一礼した。

「ちとよろしいかの」

「はい」

田沼主殿頭にうながされて、柳沢左兵衛督はお数寄屋と白書院に挟まれた西縁廊下の片隅へと移動した。

「なんでございましょう」

柳沢左兵衛督が、問うた。

「しばし待たれよ」

手をあげて柳沢左兵衛督を制した田沼主殿頭が周囲へ目を向けた。

「…………」

今をときめく家治の寵臣田沼主殿頭と柳沢左兵衛督の密談である。その内容を知ろうとして耳をそばだてている者は多かった。

田沼主殿頭は、不用意に足を止めている者、注視している者へ、目を合わせ、相手が動き出すまでにらみつけた。

「なにか御用かの」

「いえ」

家治の寵臣に目をつけられては、家の存亡にかかわる。好奇心をあらわにしていた大名、役人、御殿坊主たちが、そそくさと去っていった。

「よろしかろう」

他人の目がなくなるのを確認した田沼主殿頭が、柳沢左兵衛督へ向き直った。

「お止め申したことをまず、お詫びいたす」

軽く田沼主殿頭が詫びた。

「とんでもないことでござる。今やどの大名も役人も主殿頭さまからお声をかけていただくことを心待ちにしておりまする。かくいうわたくしめも同様でござる」

柳沢左兵衛督が否定した。

「いや、そこまで言われると赤面いたすな」

田沼主殿頭が笑った。

「まあ、世辞を交えたあいさつはこのくらいにしておこう」

表情を引き締めて田沼主殿頭が声を潜めた。

「伊奈のことでござる」

「…………」

柳沢左兵衛督の表情も変わった。

「伊賀者を使って調べさせましたがな。江戸にはなさそうでござる」

「お手数をおかけいたしましてございまする」

感謝の意を柳沢左兵衛督が述べた。

「あと赤山陣屋へもやらせましたが、四人行かせて帰ってきたのは一人だけという有様に終わりましたわ」

小さく田沼主殿頭が息をついた。

「泰平の世になると忍も使えませぬな」

　苦い顔で柳沢左兵衛督が述べた。

「いやいや。伊賀者はなかなかに衰えてはおらぬのでござる……伊奈が一枚上であっただけ」

　田沼主殿頭が経緯を語った。

「赤山陣屋に四百近い家臣を配しておると……神君お分けものは、やはり赤山に」

　柳沢左兵衛督が興奮した。

「左兵衛督どの、声が少々高うござるぞ」

「これは、申しわけないことを」

　たしなめられた柳沢左兵衛督が、詫びた。

「赤山にあると考えるのは早計でござろう。なにせ赤山は神君家康公がお亡くなりになってから完成したもの。もし、お分けものを預かっているというならば、神君家康公から託されたときに保管していた場所から、赤山へと移したことになりましょう。神君お分けものは百万両とも言われておりまする。千両箱にして一千個。馬ならば五百頭、荷車だとしてもざっと百台は入り用でござろう。それだけのものが動いたとなれば、噂くらいは残らねばおかしい」

「たしかに」

説明に柳沢左兵衛督がうなずいた。

「では、赤山にそれだけの家臣を置いているわけは」

「目を引きつけるためではないか」

「なるほど」

柳沢左兵衛督が手を打った。

「となれば小菅陣屋もはずれることになりますな」

「さよう」

今度は田沼主殿頭が同意を示した。

「では、どこに」

「伊奈家最初の陣屋、小室こそ、神君お分けものの隠し場所」

「小室と言えば、武蔵国足立、中山道沿いでござったか」

柳沢家が一時領していた甲斐国と小室はそう離れてはいなかった。

「知っておれば、甲斐を領している間に人を出したものを」

「悔やまれるな。それが運というものでござる」

無念がる柳沢左兵衛督を田沼主殿頭がなだめた。

「運がないと言われるか」

思わず柳沢左兵衛督が、田沼主殿頭へ食い下がった。

「落ち着かれよ。運がないと申してはおりませぬぞ。運がそのとき廻ってこなかったただけだと言うのでござる。運がなければ、小室陣屋には気づかず、終わっておりましょう。小室陣屋にお分けものがあるとわかっただけでも、運がある証左」

田沼主殿頭が意見をした。

「いかにも、さようでございました。ご無礼の段、平にご容赦を」

柳沢左兵衛督が頭を下げた。

「いや、頭を下げていただくほどのことではござらぬ。それよりも、今後の段取りについてお話をせねば。あまり長く上様の側を離れるわけには参りませぬのでな」

家治の寵愛は、田沼主殿頭への依存となっている。

「主殿頭、よきにはからえ」

家治自体はどのような案件を持ちこまれても判断しなくなっていた。

「それは気づきませぬで」

三度《みたび》柳沢左兵衛督が謝罪した。

「すでに伊賀者へ小室陣屋を襲うよう指示を出してござる。ついては、左兵衛督どのにもお手伝いをいただきたい」

「承知つかまつりましてございまする」

「あいにくわたくしめは、小室まで出向くわけにはいきませぬので、細かい話をしても意味がござらぬ。ついては、伊賀者の須納を貴殿のもとへ行かせるゆえ、詳しい打ち合わせをしてくださるよう。では」

「ご高配に感謝いたしまする」

急いで去っていく田沼主殿頭の背中へ、柳沢左兵衛督が頭を下げた。

屋敷へ戻った柳沢左兵衛督のもとへ、小普請伊賀者組頭須納が訪れたのは、夕餉を終えた刻限であった。

「左兵衛督さま」

書見していた柳沢左兵衛督は、床下から呼ぶ声に反応した。

「伊賀者か」

「小普請伊賀者組頭、須納と申しまする」

「主殿頭さまより聞いておる」

須納の名乗りに、柳沢左兵衛督が答えた。

「小室陣屋をいつ襲う」

部屋へあがれとも言わず、柳沢左兵衛督が話を始めた。

「左兵衛督さまのご都合に合わせまする」

くぐもった声で須納が応じた。

「そちらはどのくらい出すのだ」

「六名で」

柳沢左兵衛督の問いに、須納が述べた。

「少ないな」

「申しわけございませぬが、それで精一杯でございまする」

「わかった。こちらは十六名ほど出そう」

「ありがとうございまする」

須納が礼を述べた。

「そちは出向くのか」

「そのつもりでおりまする」

訊かれた須納が告げた。

「しばし、そこで控えておれ……誰か、誰かおらぬか」

柳沢左兵衛督が声をあげた。

「お呼びでございましょうか」

すぐに近習《きんじゅう》が顔を出した。

「佐山真吾《さやましんご》をこれへ」

「ただちに」

近習が小走りに廊下を去っていった。

ゆっくり茶を喫するほどの間で、佐山真吾が現れた。

「殿、お呼びと聞きまして」

廊下へ佐山が膝を突いた。

「その雨戸を開けよ」

庭に面した雨戸を柳沢左兵衛督が指さした。

「はっ」

佐山が雨戸を開いた。部屋から漏れる灯りが、かすかに庭先を照らした。

「伊賀者、出て来い」

「はっ」

沓脱《くつぬぎ》の向こうへ影が湧いた。

「小普請伊賀者組頭須納と名乗っておる」

「……伊賀者」

教えられた佐山が、目をこらして影を見た。

「なぜ、伊賀者がここへ」

警戒を緩めず、佐山が尋ねた。

「主殿頭さまのご紹介じゃ」

「田沼さまの……」

主君に言われた佐山があわてて、柄から手を離した。

「須納。この者は、馬回り役兼剣術指南役の佐山真吾じゃ。この者が頭となる」

柳沢左兵衛督が述べた。

「よしなにお願い申しあげまする」

須納が顔をあげた。

「なんのことでございましょう」

それに応じず、佐山は主君へ問うた。

「伊奈家の小室陣屋を襲うのだ」

「小室陣屋……そのようなところがございましたか」

佐山が首をかしげた。

「若いそなたは知らぬか。とにかく、柳沢家の先にかかわることじゃ。詳細は須納から聞け」

「はっ」

命とあらばしたがうのが家臣の務めである。佐山は受けた。

「腕の立つものを十五名ほど選べ。鉄砲が使える者を入れるのを忘れるな」

「はい」

「あとは、任せたぞ」

言うだけ言うと柳沢左兵衛督が、出て行けと手を振った。

「須納、拙者についてい参れ」

一礼した佐山が、須納を誘《いざな》った。

「近習の衆、雨戸を頼みましたぞ」

後始末を頼んで、佐山は素裸足《すはだし》で庭へ降りた。

「こちらで話そう」

佐山は塀際で立ち止まった。

「子細を教えよ」

「承知」

須納が述べた。

「なるほど。廃されている陣屋に、隠しものがあるというわけか」

「…………」

無言で須納が首肯した。

「伊奈家の家臣どもはかなり遣うと聞いた。我が柳沢家も痛い思いをさせられた。

「小室陣屋にはどのくらい伊奈の家臣がおる」

「赤山に三百八十余り、江戸に二十名ほどは確認しておりまする。伊奈家は実質四万石。家臣の数は四百ていどかと」

重ねての問いに、須納が答えた。

「勘定が合わぬではないか。伊奈にはまだ小菅の陣屋があるはずだ。そちらへ回す家臣もあろう」

佐山があきれた。

「申しわけございませぬが、それ以上はわかっておりませぬ」

須納が首を振った。

「……仕方ない。小室の陣屋における数は、近くに行けばわかるな」

「それは十分に」

確認されて須納が、うなずいた。

「いつ出られる」

「明日にでも」

「こちらが、少しかかる。人を選ばねばならぬ。そうだな、三日後、内藤新宿《ないとうしんじゅく》の大木戸側の茶店で、落ち合おう」

「わかりましてございまする。二名、探索のため先に出しておきまする」

受けた須納が述べた。

「わかった。では、三日後、五つ（午前八時ごろ）にな」

佐山が去った。

「武士か……」

暗い目つきで見送った須納が、影へと戻った。

二

「須納か」

「うむ」

闇のなかで呼びかけられた須納が小さく声を返した。須納は、明屋敷伊賀者組頭居筒元太夫《いづつげんだゆう》の長屋へ忍んでいた。

「表から来られぬのはわかるが、少しは刻限に気遣え」

居筒がぼやいた。

「まあいい。待っていた。ここでよいか」

「かまわぬ」

須納が同意した。

「降りてこい。見おろされるのは好まぬ」

「…………」

音もなく部屋の隅へ須納が座った。

「よいのか」

「これも伊賀の女だ。気にせずともよい。ただ、灯りは勘弁してくれ」

同衾《どうきん》している妻を居筒が気遣った。

伊賀者組屋敷にある長屋は狭い。土間も兼ねる台所と続く板の間を除けば、部屋は二つしかない。隠居した親夫婦、子供たちがいれば、夫婦で寝室を分ける余裕などなかった。

「主殿頭さまより、おぬしにつけとの命を受けた。なにをすればいい」

「三名出してもらおう。誰が来る」

伊賀組は四谷の伊賀組屋敷で生活している。代を重ねるうち、ほとんどの伊賀者同士が親戚になっている。須納と居筒も修業を共にした幼なじみであったが、そのようなやりとりは一切なく、すぐに用件へと入った。

「何をし、どこへ行くかもわからずでは、誰が適しているかわからぬぞ。そんなもの返答できるか」

居筒が怒った。

「武蔵国足立郡小室までいく」

「伊奈の小室陣屋か」

それだけで居筒が見抜いた。

「…………」

「組屋敷で噂になっているぞ。小普請伊賀者が、伊奈へちょっかいを出していると」

「……そうか」

居筒に言われた須納が、一瞬間を置いた。

「さすがに三人死ねば、隠しようもなかろう。伊賀組すべてが身内のような者だ。

どれだけ話を秘しても、どこからか伝わる。あとは、少し城内の噂をたぐれば、おおよそのことは知れる。おぬしも伊賀者ならば、それくらい予測しておけ」

「だったな」

諭された須納が苦笑した。

「心配するな。山里は任に忙しく、お広敷は今の境遇に満足している。ともに傍観をすると決めたようだ」

「そうか」

須納が居筒へ理解したと応じた。

事実、明屋敷と小普請を除く伊賀者は多忙であった。

山里伊賀者は、江戸城の退き口である山里門の門番である。山里門は、いざ江戸城が攻められ、ついに落城となったとき、将軍とその家族の逃げ口となる。その場所や構造を知られては、逆に江戸城の弱点をさらすことになる。山里門は、お庭方、奥詰め衆、黒鍬者、鷹匠だけしか通行を許さず、たとえ老中、御三家といえども足を踏み入れることは許されていない。厳重な警戒をおこなうため、九人の山里伊賀者は休みなく働かねばならなかった。

また、大奥を管轄するお広敷伊賀者は、人数も多く勤務交代にも余裕をもっていたが、余得のおかげで裕福であった。お広敷伊賀者は、大奥の守りだけでなく、代参、お使い、宿下がりする女中の警固も請け負っている。

女しか居ない大奥で、終生奉公をしている女中たちにとって、江戸城を離れるのは、なによりの娯楽である。つい芝居を見たり、役者と酒席を共にしたりと、羽目を外したくなる。当然、そのようなことは許されていない。女中たちが妙なことをしないように見張るのもお広敷伊賀者の仕事であった。

そのお広敷伊賀者を、女たちは買収するのだ。一分《いちぶ》から数両の金を渡されたお広敷伊賀者は、門限にさえ遅れない限り、どこへ女中が行こうとも、役者とみだらなまねをしようが、見て見ぬ振りをする。この余得が、お広敷伊賀者にとって本禄より大きかった。

山里番、お広敷の両方ともわざわざ小普請伊賀者と田沼主殿頭のやりとりに手出しをして、火中の栗を拾う理由がなかった。

「儂も加わりたくはなかったが、主殿頭さまより言われれば断れぬ。あのお方に睨まれれば、明屋敷伊賀者など、ちり紙よりも軽く吹き飛ばされてしまうからな」

居筒が嘆息した。

「だが、褒賞は大きい」

「死んでしまえば、宝も金も遣えぬがな」

三人を死なせた須納へ、居筒が強烈な皮肉を投げた。

「………」

「いや、要らぬ言葉だった」

居筒が詫びた。

「気にしておらぬ。任は、小室陣屋の探りと、柳沢家から出る藩士の援護」

「ほう、柳沢が一枚嚙んでいたか。これは形になりそうだ」

ようやく居筒が夜具の上に起きあがった。

「知ってのとおり、我が組は三名を失い、手が足りぬ状況にある。そちらから三名出してもらおう」

淡々と須納が告げた。

「わかった。どこへ行かせればいい」

「三日後の朝五つ、内藤新宿大木戸側の茶店。身形はどこぞの藩士という体《てい》で頼もう」

「内藤新宿だな。承知した。儂と、蓑介《みのすけ》、隆《たか》の三人で行こう」

「隆……くのいちを出すのか」

須納が小さく驚いた。

くのいちとは忍言葉で、女との意味であった。

「一人くらい女がいても便利であろう。男ではできぬこともある。それに、隆は弓と手裏剣術の名手だ」

居筒が説明した。

「遣えるならばいい。では、当日」

溶けるように、須納が消えた。

「旦那さま……」

黙っていた妻が口を開いた。

「……隆をお連れになるのでございますか」

隆とは居筒の一人娘であった。

「ああ。我が家には男がおらぬ。跡を継がすには、隆へ婿を取るしかない。このままなにもなく、平穏ならばそれでもよかったが、主殿頭さまに目をつけられてしまった以上、無事ではすむまい。今回のことが失敗したとしても、主殿頭さまは、一度手にした伊賀という力を手放されはしまい」

小さく居筒が首を振った。

「となれば、居筒を継ぐ隆にも教えておかねばなるまい。満足に白米も食えぬ貧しい暮らしながら、安穏の日々はもう終わったのだということを。主殿頭さまの思惑がなり、居筒が出世したとしても、走狗《そうく》であることは辞められぬ。主殿頭さまが生きておられる限り、須納も、居筒も首輪の付いた犬なのだとな。隆の肚さえできておれば、どのようなふぬけが婿に来ようとも、どうにかなろう」

「人を手にかけることになるやも知れませぬ。子を産み、育む女が命を断つなど……娘が、あわれでございまする」

妻が寂しそうに漏らした。

「伊賀に生まれたことを呪ってもらうしかあるまい」

居筒も肩を落とした。

三日後、内藤新宿の大木戸に一行が勢揃いした。

「目立つわけにはいかぬ。我らは三つに分かれて動く。伊賀は伊賀でまとまるがいい。小室に着いたら、拙者を探せ」

顔見せだけすませたとたん、佐山はさっさと歩き出した。

「あれが頭か」

十分離れるまで待って、居筒が問うた。

「そうだ」

須納がうなずいた。

「勝てる気がせぬぞ」

「それでいいのだ。柳沢など、我らの目くらまし。いや、盾だ」

感情をなくした声で、須納が言った。

「向こうは、我らを同格と見ず、道具だと思っている。なれば、こちらがそうであっても、文句は言えまい」

歩き出しながら須納が小さく笑った。

「たしかにな」

居筒も同意した。

物見に出ていた小普請伊賀者との合流もあり、小室まで一日をかけた須納たちは、翌日の夕方、柳沢の一行と合流した。

「遅いぞ」

小室に居る伊奈の家臣に気づかれぬよう少し離れた勝願寺で佐山が伊賀組を叱った。

勝願寺は、伊奈忠次の三男忠武が住職を務め、伊奈家代々の墓があった。ここを本陣代わりとした佐山の嫌がらせに、須納たちは心のなかであきれていた。

「探索の報告待ちをいたしておりましたゆえ」

須納が言いわけをした。

「申せ」

佐山が命じた。

「小室陣屋は、ほぼ完全に崩壊。障子堀、二の丸、蔵屋敷なども、朽ちておるとのことでございまする」

「では、伊奈の家臣どもはどこに」

「陣屋跡に小さな小屋がいくつかあり、そこへ詰めておるようで」

「何人だ」

「確認できたのは八名」

続けざまに問う佐山へ、須納が答えた。

「八人か。他にいたところで十名ていどだな」

佐山が独りごちた。

「おそらく」

須納もうなずいた。

「佐山どの。十名ほどならば、なにほどのことがござろう。このまま討ち入って、かたをつけましょうぞ」

藩士の一人が気勢を上げた。

「馬鹿がおるな」

忍にしか聞こえない声で、居筒が吐き捨てた。

「盾になにを求めているのだ、おぬしは」

すかさず須納が返した。

「もう少しで日が落ちる。陣屋まで二里半（約十キロメートル）、つけば夜半近くになるだろう。襲うには、ちょうどよいかも知れぬ」

佐山が藩士の意見へ傾いた。

「お疲れではございませぬのか」

須納が口を挟んだ。

一日とはいえ、なれない旅をしてきたのだ。足にまめのできている者もいるだろうし、筋に無理がかかっている者もいるやも知れなかった。

「このていどのことで、疲れるような軟弱者は、我が藩にはおらず」

一言で佐山が拒絶した。

「ご無礼を……」

すっと須納が引いた。

「では、行くぞ。隊を二つに分ける。正門隊は、拙者が率いる。七名付いてこい。残りは、小浜《おはま》、おぬしに預ける。裏門から行け」

「承知」

小浜が受けた。

「我らは」

「忍は、戦の場ではじゃまだ。うろちょろされては、かえって迷惑。陣屋の周囲で待機しておれ。逃げ出す者、もしくは援軍が来たならば、対応しろ」

佐山が命じた。

「わかりましてござる」

「行くぞ」

藩士たちが勇んで動いた。

「よいのか」

居筒が訊いてきた。

「囮くらいにはなろう。居筒、身の軽いのを一人貸してくれ」

「隆」

求めに応じて、居筒は娘を呼んだ。

「陣屋を見下ろせる木の上へ登り、なかの闘争の状況を報せよ。争いのないところから調べ始める」

「合図はいかがしましょうや」

隆が問うた。

「鏡を使え。月明かりを反射して、戦いの場が陣屋内の中央より右ならば一回、左ならば二回。敵が近ければ反射を繰り返せ」

「わかりましてございまする」

「居筒、三人預ける。陣屋の四方を任せた」

「出てくる者がいれば片付けていいのだな」

須納に居筒が確認した。

「もちろんだ。生き証人は要らぬ。もし援軍が来たならば、呼子を吹き、逃げてくれていい」

「手出しをせずともよいのか」

「忍は命をかけて戦うのでなく、必死に生きるものであろう」

「まさにな」

居筒が了解した。

「散《さん》」

合図とともに伊賀者が、走った。

小室陣屋は、もともと一万石を与えられた伊奈家の居城として造られた。北条と武田は滅んでいたとはいえ、まだ世は戦国であり、万一に備えた構造は、放棄された後も、十分な防備を持っていた。

「くそっ」

埋まりきっていない空堀に、佐山たちは苦労していた。

大手、搦め手の筋は、歩くに支障はないが、動きを知られる不利があった。攻めてくると知られては奇襲の意味合いがなくなる。

地の利は、最初から相手のものなのだ。攻める側として、ときの利はなんとしてでも確保しておきたい。城攻めには三倍の兵がいるとされているほど、守る側が有利なのだ。いつ襲いかかるかという機だけでも確保しておかねば、柳沢家の勝利はおぼつかない。

「もう少しじゃ。気張れ」

佐山が督励した。

「おおっ」

藩士たちが唱和するが、段々声は小さくなってきていた。

「よし、堀はこえた。静まれ」

荒い息を抑えながら、佐山が手を伏せるように動かした。

「あれか」

やはり息をはずませた若い藩士が、陣屋跡地に建つ小屋へ目をやった。

「まだ灯りがついているな」

「ああ。だが、それほど長くではあるまい。灯《ひ》が消えるのを待つ」

「承知」

無理な行軍で疲れていた一同が、同意した。

「鉄砲組」

腰を下ろした佐山が呼んだ。

「火縄に火をつけ、いつでも撃てる状態へしておけ」

「わかった」

鉄砲を背中に負った藩士たちが、背中から鉄砲を下ろした。

「溝口《みぞぐち》、田崎《たさき》」

「おう」

若い藩士が近づいて来た。

「槍の用意を。先陣を任せる」

「おう。一番乗りをさせていただこう」

溝口が、胸を叩いた。

「なにをいうか。一番首は拙者ぞ」

田崎が言った。

「灯が落ちたぞ」

しばらくして小屋の灯りが消えた。

「小半刻もあれば、眠りこけよう。次の合図で、攻める」

佐山の言葉に、一同が無言でうなずいた。

「芳太」

「なにか」

須納の招きに芳太が応じた。

「小屋の灯りが落ちたと隆から合図があった。しかし、あまりに順調すぎる。夜回りの一人も出て来ぬとは、三人の伊賀者を片付けたほどの伊奈にしては、油断が過ぎよう」

「いかにもさようでござるな」

芳太が同意した。

「少し様子を探ってきてくれぬか」

「承知」

すっと芳太が消えた。

「できるな」

いつのまにか居筒が後ろに立っていた。

「実戦を経験したからであろう。仲間を失う恐怖と仲間を捨てて逃げ出す勇気。その二つを芳太は身につけた。おそらく、今の伊賀組で、あやつと五分に戦える者は、まずおるまい」

振り返りもせず、須納が答えた。

「婿に欲しいな」

「無理だな。芳太は、国見《くにみ》の当主だ。隆を嫁に出すというなら話は別だが」

須納が述べた。

「二人の間にできた子をもらえばいい。隆もかなり遣える。隆と芳太の間にできた子ならば、よい忍になるであろう」

居筒が続けた。

「勝手にするがいい。儂は、もう忍であることに疲れた。主殿頭さまについたのも、そのため。旗本になって、武士と認められ、代を重ねていくのだ」

はっきりと須納が宣した。

「忍は忍ぞ」

水をさすように居筒が、呟いた。

三

小屋の灯りが消えれば、残るは月明かり星明かりだけである。じっと目をこらさねば、己の指先さえ見えぬ闇を、芳太は戸惑うことなく駆けた。

佐山たちのすぐ隣を過ぎたが、誰も気づかない。

それほど芳太は、気配を殺していた。

「…………」

小屋の一つに近づく前、芳太は一段と背の高い木へ目をやった。小さな光の反射が、見ているとの合図を返してきた。

音もなく数歩進んで小屋の壁に耳をつけた芳太が、驚愕で目を開いた。

「この匂いは……火縄」

木の上へ向けて小さく手を振る。

「まさか」

手の動きで状況を報された隆が、鏡を陣屋の外へ向けてきらめかせた。

「やはりな」

光の動きで内容を理解した須納が、独りごちた。

「待ち伏せているか」

「のようだな」

居筒の問いに須納が首を縦に振った。

「では、あとを頼んだ」

須納が手を上げて配下を呼んだ。

「ああ」

気乗りのしない表情で居筒が見送った。

小半刻待った佐山が、立ちあがった。

「行くぞ」

「任せられよ」

槍を小脇に抱えた溝口と田崎が走り出した。

「りゃああ」

気迫を口にした溝口と田崎が、小屋へ着く寸前、轟音とともに、吹き飛んだ。小屋の無双窓から銃口が出ていた。

「げっ。待ち伏せか」

後についていた佐山が、絶句した。

「は、放て」

身体を前へ投げ出しながら、佐山が叫んだ。

「おう」

柳沢家の鉄砲三丁が小屋へ向かって撃たれた。

「今ぞ。小屋へ取り付け」

鉄砲の攻撃から相手が首をすくめている間に、佐山たちは小屋へ向かった。

「始まったな」

派手な音に、須納が独りごちた。

「組頭、どこから行きましょうや」

芳太が問うた。

「蔵のあとからだ」

「承知」

三人の伊賀者は、戦いの場からそっと離れ、陣屋跡の片隅にある蔵跡へと移動した。

「石組が残されているな。どうだ、動かせそうか」

「三人では無理でござる」

地に這いつくばっていた伊賀者が首を振った。

「苦無《くな》いで叩いてみろ」

須納に言われた伊賀者が、懐から苦無いを出した。

苦無いは、木の葉の形に似た忍道具であった。刃物ではなく、刻んだような小さな刃が全体に施され、手裏剣としても、鋸《のこぎり》、あるいは鑿《のみ》としても使えた。

「響きはどうだ」

「下に向かって響くようで」

耳を石組に付けて聞いていた芳太が答えた。

「地下に室があるな」

「どういたしましょう。三人では、とても石組を動かすことなどできませぬぞ」

芳太が須納へ言った。

「主殿頭さまの御機嫌を取り結ぶには、神君お分けものの現物を確認すべきなのだが、この石組を取り除くことはできぬ。このままご報告申しあげるしかあるまい」

「その間に別の場所へ……」

「その心配はない。伊奈家の家臣はほとんどが赤山だ。明日人手を呼び寄せたとしても、お分けものを移すのには手間がかかる。それに千両箱で一千個ぞ。そう簡単に移せはせぬ」

「たしかに」

「戻るぞ」

納得した芳太へ、須納が告げた。

「引き上げだと合図を」

須納が隆へ報せろと命じた。

「よろしいので」

芳太が、ちらと戦いの場へと目をやった。

「我らの気配を消してくれるのだ。ありがたく拝んでおけ」

片手で佐山を拝んで、須納が走った。

「…………」

無言で芳太は隆への合図を送り、組頭のあとを追った。

「待て……あれはなんだ」

敷地の隅に小さな建物があった。

「炭置小屋では」

須納の疑問へ、芳太が応じた。

「確認しておこう。見落としがあっては、田沼さまへ顔向けができぬ」

「承知」

芳太が走った。

「これは……牢獄」

そっと扉を開けた芳太が呟いた。

「誰だ」

牢獄から声がした。

「咎人《とがにん》か」

追いついた須納が問うた。

「違う。儂はだまされてここに連れてこられたのだ」

牢獄に閉じこめられていたのは、郡代屋敷を襲った浪人の太田であった。

「儂は……」

太田が語った。

「なるほど。我らは伊奈家に対する者。助けてやろう」

「まことか、かたじけない」

牢獄の枠に手をかけて、太田が歓喜した。

「今開けてやる。芳太」

「はっ」

芳太が牢獄にとりついた。

「おぬしはここにどのくらい居る」

「さて、十五日ほどであろうか」

何気なく聞かれた太田が答えた。

「変わったことなどはなかったか」

「三日に一度、湯へ入れてくれるのだが、そのとき一カ所だけ近づくなと言われたところがあった」

「ほう。どこだ」

「近くへ行けぬゆえ、詳しくはわからぬが、なにやら地面に石の蓋がしてあったようだ」

「そうか」

太田の話を聞いた須納が、芳太へうなずいた。

「開いたぞ」

「かたじけない」

急いで扉へ近づいてきた太田の胸へ、芳太が忍刀を突き刺した。

「えっ」

なにがあったのかわからないといった顔で、太田が絶息した。

「我らの姿を見たのだ。しゃべられては困る」

冷たく須納が告げた。

「聞いたな」

「はい」

須納の確認に芳太が首を縦に振った。

「やはり、あの蔵跡だな。これで決まった。出るぞ」

牢獄を伊賀者たちが、後にした。

忍の撤収を知らない佐山たちは、死闘を繰り広げていた。

「くそっ」

「うおおっ」

太刀と太刀がぶつかって火花を散らす。

「ぎゃああ」

斬られた者が絶叫をあげて倒れる。

「佐山どの」

数の多い柳沢勢であったが、小屋を利用するという地の利を使う伊奈の家臣たちに苦戦していた。

「立花がやられた」

「ちい。槍を貸せ」

佐山がすでに死んだ田崎の槍を受け取った。

「鉄砲だ」

小屋の無双窓からふたたび銃口が突き出された。

「くそうがあ」

佐山が無双窓へ槍を突っこんだ。

「ぐううう」

鉄砲が暴発し、小屋の屋根へ穴を開けた。

「筒先を突っこめ」

佐山の命で、柳沢家の鉄砲隊が無双窓のなかへ撃ちこんだ。

「あっ」

小屋の内側から苦鳴が漏れた。一瞬、伊奈家の動きが止まった。

「今だ」

小屋の出入り口で対峙していた伊奈家の家臣を佐山が槍で貫いた。

「…………」

声もなく家臣が崩れ落ちた。

「突っこむぞ」

佐山の合図で入り口へ藩士二人が向かった。

「ぎゃっ」

「うぐっうう」

二人がうめいて倒れた。

「弓か」

藩士の胸に矢が突き刺さっていた。

「佐山どの。もう六人しか残っておりませぬぞ」

中年の藩士が泣くような声で言った。

「あと少しなのだ。このまま帰れるか。やむを得ぬ」

小屋の入り口から離れた佐山が、叫んだ。

「伊賀者ども、手を貸せ」

「慮外者どもが」

後ろを向いた佐山を隙と見た伊奈家の家臣が、小屋のなかから飛び出し、斬りかかってきた。

「つうう」

槍を得物としていた佐山が、あわてて下がった。

間合いの長い槍は、野戦で強力な武器であるが、懐へ入られると弱かった。

「逃がすか」

追いすがった家臣が、太刀を上から振った。

「あつっ」

焼けるような痛みが、佐山の右肘に走った。

「かすっただけか。ならば、もう一度だ」

号令を出していることで、佐山が一団の首領とわかったのだろう。止めを刺すべく、家臣が下段に落ちた太刀で斬りあげた。

「やられるか」

たぐり寄せて突くだけの余裕がない佐山が槍を薙いだ。

「ぐっ」

槍の柄で脇腹をしたたかに打たれた家臣がうめき、足を止めた。

「死ねえ」

槍を捨てた佐山が、太刀で抜き撃った。

「がふっ」

胸を割られた家臣が、血を吐いて絶息した。

「佐山どの、伊賀者が来ぬ」

情勢が優位になったことで、小屋から出てきた家臣と闘いながら、中年の藩士が告げた。

「なにっ」

佐山が驚愕した。

「伊賀者、来ぬか」

もう一度佐山が呼んだ。しかし、まったく反応はなかった。

「おのれ、忍ども。逃げ出したな。やはり化生《けしょう》の者など、信じるに値せなんだか」

佐山が吐き捨てた。

「……佐山どの」

乱戦の最中に、援軍がこないことを報されては、士気などもつはずもない。

「ぎゃあああ」

「ひくっ」

伊賀者が逃げたと聞いて、動揺した藩士たちが続けざまに、倒された。

「くそっ」

佐山が焦った。

人数の優位を失ってしまえば、地の利を持つ伊奈側が勢いづく。

「追い払え」

小屋に籠っていた家臣たちが出てきた。

「これまでか」

近づいてきた伊奈家の家臣へ、太刀を大きく振って見せ牽制した佐山が背を向けた。

「……わあああ」

逃げ出した佐山を見て、白刃の恐怖を抑えこんでいた興奮が一気に冷めた。まだ戦っていた柳沢家の藩士たちが、いっせいに逃げ出した。

「生かして返すな。弓、鉄砲を忘れるな。伊賀者がおるそうだ。二人は残って陣屋を守れ」

伊奈家家臣の頭が命じた。

「おう」

敵の背中を襲う追撃戦ほど、心に余裕のできるものはなかった。伊奈家の家臣たちが勇んで駆け出した。

「鉄砲、放て」

轟音がして、柳沢藩士の一人が、声もなく倒れた。

「弓」

続けて撃たれた矢が別の藩士の背中を縫った。

「水島、山本……」

ちらと背後へ目をやった佐山だったが、足を止めることはなかった。

しかし、慣れていない土地では、思いきり走ることは難しい。

「やあああ」

すぐに追いついた家臣が槍を繰り出した。

「ぎゃあああああ」

大きな悲鳴をあげて、中年の藩士が絶命した。

「残るは一人ぞ」

家臣の頭が意気をあげた。

「追いつかれてたまるか。皆の犠牲を無にできぬ。なんとしても帰り、殿に顚末をお話しして、より多くの者を引き連れ、仇討ちを」

佐山が必死に逃げた。

皆の犠牲のおかげで、佐山は伊奈の家臣を引き離すことができていた。

「鉄砲は……使えぬか。弓は……当たらぬか」

伊奈の家臣が歯がみした。

強力無比な鉄砲だったが、連発することができない。弓も月明かりしかない夜に走り去る目標を射貫くのは容易なことではなかった。

「逃がしたか」

空堀をこえられたところで、伊奈家の家臣たちの足が緩んだ。

「けが人の手当てを」

「侵入してきた者の生き残りはいかがいたしましょう」

「尋問したあと殺せ」

「承知」

伊奈家の家臣たちが後始末に入った。


小半刻以上駆け続けた佐山が、ようやく足を緩めた。

「つ、疲れた」

背後に注意を払いながら、佐山が街道沿いの木へもたれた。

「全滅か」

一人だけ生き残った佐山がつぶやいた。

「伊賀者どもめ。あのとき出てきておれば、いまごろ伊奈の家臣どもを蹴散らし、神君お分けものを手にしていたであろうに」

佐山が憤った。

「このままではすまさぬぞ。殿に申しあげて、伊賀組を潰してくれるわ」

「それは困る」

身体を預けていた木から離れると、佐山が歩き始めた。

佐山の五間（約九メートル）ほど前へ、影が現れた。

「伊賀者……おまえたちは……」

かっと佐山が激昂した。

「最初に我らを阻害したのはおぬしであったろう」

月明かりに顔をさらしたのは、須納であった。

「見張りだけでいい。逃げていく者だけを始末しろと命じたのは、誰だ」

「うっ……」

皮肉られた佐山が詰まった。

「しかし、戦には臨機応変というものがある。呼べば来るのが当然だ」

佐山が言い返した。

「臨機応変なればこそ、我らは出て行かなかった。忍の仕事は生きて帰ることだ。盾として使われ、無駄に死ぬなど論外」

冷たく須納が言った。

「な、なにを」

思惑を見抜かれていた佐山が絶句した。

「伊賀者をなめないでいただきたい。使い捨てられてはたまらぬ」

須納が断じた。

「うるさい、どけっ」

佐山が須納を手で払った。もちろん離れている須納へ、届くわけではないが、佐山はそのまま歩き出した。

「覚えておれ」

須納の隣を過ぎるとき、佐山が宣した。

「こちらは忘れまする」

あざ笑うように、須納が言い返した。

「なにっ」

佐山が須納をにらんだ。

「帰られては都合が悪いのでござる」

「きさまっ」

さっと佐山が後ろへ跳んだ。

「忍の分際で、武士に逆らうつもりか」

佐山が太刀の柄に手をかけた。

「逆らう……。それは、家臣かあるいは配下に使う言葉」

冷たい声で、須納が述べた。

「それがどうした」

「伊賀者は、御家人でござるぞ。将軍の直臣。そなたは、柳沢藩士で、つまりは陪臣。どちらが格上か、言われなければわからぬのか」

須納が口調を変えた。

「うっ……」

　言われた佐山が詰まった。

「さて、どうする」

「……………」

　無言で佐山が走り出した。

「愚か者が」

　ののしった須納が、手をあげた。

「しゃっ」

　甲高い気合いがして、佐山の背中に手裏剣が突き刺さった。確認するまでもなく後頭部をやられた佐山は即死していた。

「なかなかの腕」

　木の上から降りてきた隆を須納が賞賛した。

「追いつくぞ」

　すでに残りの伊賀者は江戸へと走っている。後始末をした須納が、蒼白な顔色で死んだ佐山を見つめる隆をうながした。

四

江戸へ戻った須納が、田沼主殿頭のもとで平伏していた。

「そうか。小室陣屋の蔵跡の地下に隠し部屋があるというか」

「はい」

須納が答えた。

「そこに神君お分けものが秘匿されていると、そなたは申すのだな」

「さようでございまする」

「礎石に見せかけた石の蓋で封されているとならば、動かすにはかなりの人手が要るな」

「十人ではきかぬかと」

「わかった。ご苦労であった」

「……主殿頭さま」

頭だけを浮かせて、須納が田沼主殿頭を見た。

「なんじゃ」

「お約束の……」

「黙れ」

言いかけた須納を、田沼主殿頭が叱りつけた。

「柳沢家の藩士どもはどうした」

「……それは……」

須納が口ごもった。

「互いに利害をもった者同士、多少のことはやむをえぬが、やり過ぎは敵を作るだけぞ」

「はっ」

諭されて須納が額を床にこすりつけた。

「それに褒賞は、現物を見てからじゃ。有れば、約束は果たす。なければ、見つけるまで働いてもらう」

厳しく田沼主殿頭が述べた。

「下がれ」

須納が消えるのを待って、田沼主殿頭が手を叩いた。

「樫村をこれへ」

すぐに用人樫村が、田沼主殿頭の前へ来た。

「普請奉行に命じて人を用意させよ。総数は三十名ほど。警固の武士二十名と、力仕事を得手とする人足どもを十名。明日の昼には江戸を出られるように手配を」

「ただちに」

理由を聞くことなく、樫村が引き受けた。

同じころ、小菅陣屋に滞在していた伊奈半左衛門のもとへも、小室陣屋が襲われたと報されていた。

「そうか。小室陣屋を襲ったのは柳沢家の者であったか」

聞いた半左衛門は、さして驚かなかった。

「いっとき、五代将軍綱吉さまの寵愛を一身に受けていた柳沢吉保どのだ。大老格として幕政のすべてを把握してもおられた。神君お分けもののことを知られたとしても、おかしくはないな」

「ですが、神君お分けものへ手を出すなど、御上に知れれば、柳沢家といえども無事ではすみませぬ」

　同席していた杉浦五郎右衛門が述べた。

「神君お分けものの残りなど、表向きはないのだ。それに柳沢家と名乗ってやってきたわけではあるまい。捕まえた者から聞き出しただけであろう。このようなものいくらでも言いわけできよう。すでに放逐した者の仕業だとか、盗賊が勝手に名乗っただけだとかな」

　半左衛門は小さく笑った。

「しかし、なぜ柳沢家は神君お分けものを欲しがるのでございましょうか」

「聞いた話では、台所が火の車だそうだ。甲府から大和郡山へ移された費用だけでなく、預けられていた甲州都留《つる》郡を取りあげられている。実質二十二万石をこえていた石高が十五万石に減ったのだ。さらに参勤交代の費用は、江戸に近かった甲府の数倍かかるのだ。いかに人減らしをしたところで、おいつくまい。もう一つ理由はあるが、そなたたちは知らずともよい」

　関東郡代の支配地と密接な関係にある甲府藩のことを、半左衛門はよく見ていた。

「そうでございましたか」

説明を聞いた杉浦五郎右衛門が納得した。

「もっとも、とても柳沢だけでできることではない。江戸において町奉行や目付を動かすことは無理だからな。後ろには誰かおられるはずだ。幕府に影響を持つお方がな」

「まだあると」

「うむ」

杉浦五郎右衛門の確認に、半左衛門は、力なく息を吐いた。

「そういえば、かの役宅を襲った浪人者が殺されておったそうで」

「ふむ。小室の事情を訊いたか。かわいそうだったが、餌となってくれたな」

「この後のご指示は」

「数日以内に、幕府から人が来るだろう。好きなようにさせてやれ。決してじゃまをするな」

半左衛門は命じた。

「よろしゅうございますので」

「一度くらいは、顔を立ててやらねばなるまい。それでなにも出てこなければ、二度は申せまい。小室に千両箱などないのだ。ないと知らせればすむ」

「そのように手配をいたしまする」

手をつきながら、杉浦五郎右衛門が承諾した。


田沼主殿頭からの指示を受けた普請奉行は、その機嫌を取り結ぶため、自ら人を率いて小室陣屋跡へと急いだ。

「命により、検分いたす」

すでに戦いの跡など処理し終わった小室陣屋で、普請奉行が伊奈家の家臣へと告げた。

「あいにく主は、巡検で小菅におりまする。なにぶん不意のご来訪、不手際もございましょうが、ご存分になさってくださいませ。我らは、おじゃまとならぬよう、少し離れておりますれば」

伊奈家の家臣たちは、陣屋跡から退去した。

「どこだ」

一行に紛れこんでいた須納へ、普請奉行が問うた。

「こちらで」

陣屋跡の北側へと須納が案内した。

「この石組か。人足頭、どうだ」

「木を組み、滑車で持ちあげねばなりませぬが、できましょう」

問われた人足頭が答えた。

「ただちに始めよ」

「はい。おい」

首肯した人足頭が、号令をくだした。

手慣れた人足たちが、あっという間に木を三角に組みあげ、縄をかけた石組を持ちあげた。

「ゆっくりだぞ。縄は大丈夫か」

人足頭の指示通り、石組が一つずつ取り除かれていった。

「お奉行さま、こちらに石室が」

「あったか」

普請奉行が急いで近づいた。

「やったぞ。これで儂は旗本だ」

喜んで須納も後へ続いた。

「お待ちくださいませ」

石段を下ろうとした普請奉行を人足頭が止めた。

「なんじゃ」

勢いを止められた普請奉行が、不機嫌な声をあげた。

「長く放置されておりました地下の石室には、悪い気がたまっておりまする。うかつに足を踏み入れれば、たちまちにして正気を失い、運が悪ければ死ぬこともございますれば」

ていねいに人足頭が述べた。

「そういうこともあるのか」

あわてて普請奉行が、石段から足を戻した。

「ではどうするのだ」

「しばし、お任せを」

人足頭が、紐をつけたたたいまつを用意させた。

「火をつけて下ろせ」

「へい」

たいまつに火がつけられ、そのまますするすると石室へと下げられた。

「どうだ」

「消えませぬ」

紐をもって石室を覗きこんでいた人足が答えた。

「よし。佐吉、行け」

「……へい」

命じられて一瞬たじろいだ佐吉が、おそるおそる石段を進んだ。

「妙な臭いがしたり、気分がわるくなったりしたら、すぐに戻ってこい」

注意を人足頭が与えた。

佐吉が一歩ずつ石室へと入っていった。

「どうだ」

「大丈夫で」

完全に石室へ入った佐吉が返答した。

「なにかあるか」

「木の箱がいくつか転がっておりやすが、ほとんど空っぽで」

「そんな馬鹿な」

聞いた須納が思わず声をあげた。

「参るぞ。今度は止めぬな」

普請奉行の確認に、人足頭がうなずき、先導した。

「灯りを」

「へい」

人足数名がたいまつを手に、石室へと駆け下りた。

「お足元へご注意くださいませ」

人足頭がまず石室へ入った。

「広いな」

案内された普請奉行が、感嘆した。

「しかし、ものがないぞ」

普請奉行が灯りに照らされた石室を見渡した。

「ごめん」

続いて入っていた須納が、手近な箱へ手を出した。

「重い」

軽く揺すった須納が、つぶやいた。

「開けてみよ」

玄翁《げんのう》を手にした人足へ、普請奉行が命じた。

たたき割る勢いで、人足が箱を開けた。

「どけっ」

須納が人足を押しのけて、なかを見た。

「朽ちた鉄砲……」

箱にはさびた鉄砲が数丁入っていた。

「他は……」

「同じようなものばかりで」

開けた人足たちが答えた。

「伊奈の者を呼んで参れ」

普請奉行の言葉で、待機していた伊奈家の家臣が石室へ連れてこられた。

「ここはなんじゃ」

「伊奈家の蔵跡でございまする」

「この地下も蔵だと申すか」

厳しく普請奉行が問うた。

「はい。そのように聞いておりまする」

家臣が答えた。

「聞いているとはどういうことだ」

一層厳しく普請奉行が質問した。

「この小室陣屋が破棄されたのは、寛永のころ。そのおりから封鎖されておりましたので。わたくしどもも、なかに何があるかまでは存じておりませぬ」

小さく首を振りながら、家臣が石室のなかを観察した。

「こうなっておりましたか」

「ここのほかに、なにか隠すようなところはないか」

「隠すような……わかりませせぬ」

普請奉行の質問に、家臣が首を振った。

「人足頭。石組に動かしたようなあとはなかったか」

須納が口を出した。

「見当たりませぬ。砂の固まり具合や、石組同士の張り付きから見て、かなり長く動かしてはおらぬと見ました」

訊かれた人足頭が首を振った。

「お奉行どの」

すがるような目で須納が普請奉行を見た。

「うむ。陣屋跡を今少し検分いたす。よいな」

「御上の御用とあれば、いかようにでも」

普請奉行の命に、家臣は首肯した。

そのあと二日かけて陣屋跡は、それこそ堀の底までひっくり返して調べられたが、何一つ出てこなかった。

「包み隠さず申せ。伊奈家が神君家康さまよりお預かりしているものがあるはずだ。それを出せ」

焦った普請奉行が、伊奈の家臣を詰問した。

「神君家康さまの……そのように畏れ多いものなどございませぬ」

家臣が否定した。

「なんでございましたら、主に使いをたてますゆえ、あらためてお訊きくださいませ」

半左衛門を呼ぶと家臣が言った。

「ううむ」

確たる証拠もなく、それ以上言いつのるわけにもいかなかった。なにより、普請奉行に旗本を調べる権はない。逆に伊奈家より不審ありと目付へ訴えられれば、普請奉行の調べがおこなわれる。いかに田沼主殿頭が命を出したとはいえ、かばい立てはしてくれない。それが、上に立つ者なのだ。ことを大きくしては、己の首を絞める。

「もうよい」

「そんな……あと少し、少しだけ」

なにもなしで戻っては、こんどこそ立場がなくなる。須納がすがった。

「ええい、黙れ」

不機嫌に普請奉行が須納を怒鳴りつけた。

「もう石組を戻してよろしゅうございますな」

伊奈の家臣が普請奉行に尋ねた。

「好きにいたせ。江戸へ向けて出立じゃ」

人足を率いて、普請奉行が小室を去っていった。


すごすごと帰ってきた須納から報告を受けた田沼主殿頭が小さく笑った。

「策にはめられたか。やるな、半左衛門」

「この後は、いかがいたしましょうや」

うかがうようなまなざしで須納が尋ねた。

「もうよい。下がれ」

田沼主殿頭が手を振った。

「主殿頭さま……」

見捨てられれば、小普請伊賀者から脱することは二度とないのだ。

「伊奈のことにはかかわるな。また呼び出す。それまでおとなしくしておれ」

「では……」

「また遣ってやる」

「かたじけなきおおせ」

大仰に平伏して、須納が田沼主殿頭の前から消えた。

「さてどうしてくれようか」

一人になった田沼主殿頭がつぶやいた。

「力ずくはかわされたか。表沙汰にできぬのが足を引っ張っているのもたしかだが。さすがにこれ以上は、反発も起きよう。儂の出世を快く思っておらぬ者は多いでな。まったく、上様のおためになることを、幕府の財政をまかなうだけの案をもっておる者がおらば、いつでも儂は、もとの六百石に戻ってやるものを」

大きく田沼主殿頭が嘆息した。

「しかも文句を言う者に限ってなにもせぬ。いや、できぬ。ただ、己の保身にしか興味がない。このような輩が老中でございと勢を張っているのが、今の幕府だ。このままでは、幕府はもたぬとなぜわからぬか」

憤懣《ふんまん》を田沼主殿頭が漏らした。

「神君の遺された百万両、どうしても幕府のために手にせねばならぬ。武でだめならば智で、挑んでやろう、半左衛門」

決意を新たに田沼主殿頭が宣した。

「そういえば、伊奈には養女はいたが、息子はおらなんだな。ちょうどよい。もとは柳沢から持ちこまれた話……引き取り手のない放蕩六男をどこぞの大名の養子にはめこんで欲しいと頼んできたとき、左兵衛督が神君お分けものの残りがあることを語った。ならば、柳沢に責任を取らせればいい」

田沼主殿頭が笑みを浮かべた。

第五章　百年の計

一

背中に目付の気配を感じながら、伊奈半左衛門忠宥は、一人目を閉じていた。

「水鏡に虎、李山の鴨か」

半左衛門はつぶやいた。

黒書院下段の間から西湖の間を挟んだ向こう側、かつて家督相続の御礼言上のおり一度だけ見たことのある狩野派の襖絵をまぶたの裏へ浮かべながら、今日呼び出された理由を伊奈半左衛門は考えていた。

二代前の忠逵《ただみち》のときから、代々関東郡代を世襲した家柄である。世襲とはすなわち固定なのだ。呼び出される理由は思いつかなかった。

「老中井上河内守さまにございまする。お控えを」

しばらくして、御殿坊主が声をあげた。

「…………」

ゆっくりと半左衛門は平伏した。

「面《おもて》をあげよ」

正面、黒書院上段の間で老中井上河内守が口を開いた。

言われた伊奈半左衛門は、腰を伸ばした。上座を見た半左衛門は、一瞬驚きで声をあげそうになった。黒書院上段の間に、井上河内守と並んで田沼主殿頭意次が座っていた。

「上様よりの御諚である。謹んで承るように」

井上河内守の言葉に、ふたたび半左衛門は手を突いた。

「関東郡代伊奈半左衛門忠宥、年来の精勤を認め、格別の思し召しを持って、城中席次を勘定吟味役上席に引きあげ、老中支配となす」

朗々と井上河内守が書状を読みあげた。

「畏れ多いことでございまする」

半左衛門はまず恐縮して見せた。

城中席次の変更は別段禄高が増えるわけでもなんでもない。ただ、式日登城や祝賀などで大広間に集められたとき、座る場所が少し変わるだけである。しかし、格式にうるさい城中で、席次があがることは、大いなる名誉であった。

「伊奈半左衛門、いかに」

井上河内守が確認を求めた。

将軍の思し召しを断るなどできようはずもない。

「ありがたくお受けいたしまする」

平伏したまま、半左衛門は身体を左右に振って、感激している体をとった。これも決まりであった。後ろで目付が監視しているのだ。手を抜くことなど許されるはずもなかった。

「うむ。重畳である。一層、励め」

満足そうに言って、井上河内守が黒書院上段の間から出て行った。

足音が消えるまで額を畳に押しつけていた半左衛門は、顔をあげて息をのんだ。

いつの間にか上段の間から降りた田沼主殿頭が、半左衛門の前に立っていた。

「伊奈どの。おめでとうござる」

田沼主殿頭が祝賀を述べた。

「かたじけのうございまする。これも主殿頭さま始め、皆様方のおかげと感謝いたしておりまする」

半左衛門も応じた。田沼主殿頭意次は、十代将軍家治の寵臣として、六百石の小姓から一万五千石にまで累進していた。家治の信頼を背にした田沼主殿頭の権は大きい。風流を好み政を面倒がる家治に代わって、老中の任免まで、田沼主殿頭がおこなっていると噂されているほどである。

「いやいや、三河以来のご譜代伊奈家代々の忠勤があればこそ」

田沼主殿頭が持ちあげた。

「……………」

口にすることなく、半左衛門は黙礼するにとどめた。

伊奈家は確かに三河以来の旗本であった。伊奈家が徳川へ仕えたのは、家康の父広忠の時代である。信州伊奈の領地を弟に奪われたため、三河へ流浪した伊奈家の先祖が、松平家に拾われたことに始まる。確かに経緯だけを見ると、伊奈家は三河譜代のなかでも古い家柄であった。

しかし、伊奈家は何度も主家に逆らって取りつぶしの目に遭っていた。伊奈家は熱心な一向宗徒だったため、三河で一向一揆が起こるたびに、一揆勢へ参加、主家へ弓を引いた。徳川家康にしてみれば、子飼いの家臣に裏切られたわけである。一揆が終わると、伊奈家は、三河に居《お》れず、逃散《ちょうさん》せざるをえなくなった。その後伊奈家は、家康の嫡男信康に仕えたり、織田信雄《のぶかつ》のもとへ身を寄せたりしたが、どの主家もつぶれたため、三度の放浪を余儀なくされた。

ようやく家康の家臣として復帰したのは、最初に一向一揆へ走った忠基のひ孫、それも嫡孫ではない昭綱であった。北条攻めで功名をなした昭綱だったが、関ヶ原の合戦の直後、福島正則ともめ事を起こし、切腹させられ、ここに伊奈家の本流は途絶えた。かわって伊奈の宗家となったのが、忠基の十一男忠家の子、忠次である。伊奈家の三河追放で和泉へ落ちていた忠次は、本能寺の変で堺に取り残された家康のもとへ馳せ参じ、岡崎まで供をした。その功績で忠次はふたたび家康に仕えることができた。

伊奈家は、三河以来とされながら、そのじつ何度も徳川から放逐された忠臣とは言い難い系譜を持っていた。

将軍家治のお側御用取次という難職をこなしている田沼主殿頭が、伊奈家の歴史を知らないとは思えない。

皮肉を言いに来たのかと、半左衛門は気分を害した。

「では、これにて」

顔色に出さず、半左衛門は田沼主殿頭の前から去ろうとした。

「あいや。待たれよ」

肩を押さえて、田沼主殿頭が半左衛門を止めた。

「なにか」

いかに家治の寵臣といえども、肩を押さえるなど無礼である。半左衛門はきつく田沼主殿頭を睨んだ。

出世したいならば、田沼主殿頭へ金を持って行けと言われて久しいが、半左衛門は、一文の銭も届けたことがなかった。

代々関東郡代を世襲する伊奈家は、出世と関係なかったからだ。

「そう厳しい顔をなさるな。失礼があったことは詫びる。少しお話をしたいと思っただけでござる」

手を離しながら、田沼主殿頭が述べた。

「さようでござったか。格上がりとなれば、親戚知人を招いて祝宴を催さねばなりませぬ。つい心急《こころぜ》きとなりまして」

謝罪されれば、それ以上の抵抗はできなかった。半左衛門は、もう一度座った。

「ともに無駄なときを遣う余裕はござらぬ。早速用件に入らせてもらおう。半左衛門どのよ、養子をとってもらえぬか」

「……養子でございまするか。たしかにわたくしには養女二人しかおりませぬ。……ではありますが、わたくしも、まだ三十歳をこえたところで、子ができぬと決まったわけではございませぬ。あと、万一の折には弟忠高に家督を譲るつもりで、すでに届け出は……」

「柳沢吉里どのが、六男の忠敬どのじゃがの」

半左衛門の断りを田沼主殿頭が遮った。

「大和郡山の柳沢どのでござるか」

聞いた半左衛門は驚きの声をあげた。たしかに伊奈家は四千石取りで、旗本としては高禄に入る。大名から養子をとってもおかしくはないが、あまりに格が違いすぎた。柳沢家は十五万石、譜代大名のなかでは、徳川四天王と肩を並べる多さである。

「良縁だと思うが」

じっと田沼主殿頭が半左衛門を見た。

「まさか……」

強く柳沢を推す田沼主殿頭に、半左衛門はようやく気づいた。

今までの襲撃、その裏にいたのは、田沼主殿頭であった。

「柳沢さまでは、あまりに格が違いまする。なにより先ほども申しましたようにわたくしには養子に出ておらぬ弟がおりますれば……」

半左衛門は断りを口にした。

「なに、今すぐに返答をと申しておるわけではない」

また田沼主殿頭が、半左衛門を抑えた。

「一度帰られてゆっくりとお考えいただき、色よい返答をしてくだされぱよいのだ」

「…………」

諾以外の返事を求めていないと、田沼主殿頭が言ったに等しい。半左衛門は沈黙するしかなかった。

「ご決心がつかれたなら、吾が屋敷までご足労くだされ」

言いたいことだけを伝えて、さっさと田沼主殿頭は黒書院を出て行った。

「伊奈どの」

じっとやりとりを見ていた目付が、呼びかけた。

「ご対応に問題なし。このまま下城されてよろしかろう」

「かたじけなし」

目付の許可が出た半左衛門は、ゆっくりと立ちあがった。

「……伊奈どのよ。老婆心から申しあげるが」

目付が近づいてきた。

「主殿頭さまに否を言うてはなりませぬぞ。かならずや、御身に災いが降りかかることとなりましょう」

「ご忠告かたじけなし」

頭を下げて、半左衛門はようやく帰途につくことができた。

「お戻りでございまする」

馬喰町の郡代屋敷へと帰った半左衛門を家臣たちが出迎えた。

そこへ郡代の手代飯島喜代介《いいしまきよすけ》が声をかけた。手代は郡代に幕府からつけられた配下である。二十俵二人扶持と薄禄ながら、代々職を継承することで、治世にくわしく、なくてはならぬ存在であった。

「よろしゅうございますか」

「うむ。着替えながら聞こう」

正装を解くため、奥へと向かった半左衛門は、飯島についてこいと命じた。

「なにかあったのか」

半左衛門が着替えながら問うた。

「葛飾郡から報せが参っておりまする」

飯島が告げた。

「なんだ」

「ここ最近の日照りで、水不足が起こり、村の間で争いになりそうな気配だそうでございまする」

「水争いか……」

裃《かみしも》を脱いだ半左衛門が嘆息した。

「はい。田植えがすんでから一カ月ほどになりまする。この時期に水がなければ稲の生育に支障が出かねませぬ」

「それはいかぬ」

半左衛門は首を振った。

「稲のできが悪くなるのは避けねばならぬ」

苦い顔で半左衛門は断じた。

「はい」

飯島も首肯した。

「伊奈家の存亡にかかわる」

小さな声で半左衛門はつぶやいた。

伊奈半左衛門の実父、二代前の当主である忠逵のとき、伊奈家は年貢米がくず米ばかりであったと、幕府の咎めを受け、出仕停止の処罰を受けた過去があった。

もともと郡代は内政の手腕を求められる任である。いわば、年貢徴収の専門家なのだ。その郡代が、納められた年貢米の質に気づかなかったとなれば、不適格の烙《らく》印《いん》を押されてしまいかねない。一度ならばまだしも二度となれば、伊奈家から郡代の役目を取り上げようとする動きが起こりかねない。事実、多すぎる役料を巡って、後釜を狙う者、減額して幕政の足しにしようとする勘定方などが、裏で動いている。そして今、田沼主殿頭が伊奈家を狙っている。このようなときには、わずかな瑕疵《かし》も命取りとなった。

「郡代の役目を失えば、伊奈家はもたぬ」

四千石ならば、せいぜい四十人ですむ家臣を四百人も抱えているのだ。役料がなくなったからと一度に三百人以上の家臣を放てば、家中取り締まり不十分とみなされかねない。

用人以上の者についての異動は、幕府へ届けなければならない決まりである。人知れず解雇などできなかった。隠蔽しようなどとしたところで、田沼主殿頭が見ているのだ。うかつな行為は、幕府の咎めを呼び、こととしだいによっては伊奈家が潰れることもありえた。

「杉浦をこれへ」

半左衛門は告げた。

「はっ」

一礼して去っていった飯島が、待つほどもなく杉浦五郎右衛門を連れてきた。

「お呼びでございまするか」

廊下で杉浦五郎右衛門が手をついた。

「葛飾で水争いじゃそうだ。杉浦、そなた現地へ赴き、川上の村を説き伏せて参れ」

「多少譲ってもよろしゅうございましょうか」

命に杉浦五郎右衛門が問いを返した。

百姓にとって水は大きな悩みであった。雨が少ない年は、田に満たすだけの水を確保するため必死となる。とくに川下の村では、死活問題であった。上流の村に水門を閉ざされてしまえば、稲は全滅してしまう。

かといって下の村が欲しがるだけ水を流していては、上の村がもたない。多くは、一日のうち何刻水門を開くかという約束を作り、それで話をまとめる。しかし、稲にとってもっとも水が要るときなのだ。田にひびが入れば、上の村は約束などあっさり反故《ほご》にする。米ができなければ、年貢を納められず、場合によっては娘や妻を売らなければならなくなる。己が飢えるときに他人の心配までできるはずもなかった。

「五分までならよい」

苦い顔で半左衛門が認めた。

取れ高の五分までを不作として見逃すと半左衛門は述べた。

「承知いたしましてございまする。それでは、ただちに」

頭を下げて杉浦五郎右衛門が立ちあがった。

「……待て」

一瞬ためらった半左衛門だったが、杉浦五郎右衛門を呼び止めた。

「なにか」

杉浦五郎右衛門が座りなおした。

「近くへ参れ」

半左衛門は招いた。

「では、わたくしはこれで」

人払いと気づいた飯島が、役所へと去っていった。

「どうかなさいましたか」

廊下に人気《ひとけ》がないことを確認した杉浦五郎右衛門が訊いた。

「うむ……」

大きく息を吸って半左衛門は、口を開いた。

「本日お城へ呼ばれたのは、伊奈家家格引き上げのお話であった」

「それはおめでとうございます」

杉浦五郎右衛門が祝いを言った。

「めでたいものか」

半左衛門は、機嫌の悪い声を出した。

「なにかございましたのか」

主の態度に杉浦五郎右衛門が、表情を引き締めた。

「主殿頭さまからな……養子をもらえと言われたわ」

「田沼さまから、ご養子を」

杉浦五郎右衛門も驚愕した。

「もちろん主殿頭さまのご子息ではないぞ。大和郡山十五万石柳沢家の六男どのだそうだ」

「柳沢さまの御六男さまでございまするか」

聞いた杉浦五郎右衛門が首をかしげた。

伊奈へしつこく手出しをして来た柳沢の息子をとの話はあまりに妙であった。

「よい返事を待っていると言われたわ」

半左衛門は、苦い顔をした。

「押しつけ養子でございますな」

「わからぬか」

「なんでございましょう」

訊かれた杉浦五郎右衛門が首をかしげた。

「今までの裏に田沼主殿頭がいたのだ」

敬称を半左衛門は取った。

「な、なんと」

　杉浦五郎右衛門が絶句した。

「では、柳沢を田沼さまが操っていたと」

「操っていたかどうかはわからぬが、手を組んでいたのだろうな。江戸城で御殿坊主に訊いてみたところ、柳沢家の六男は、儂と歳の変わらぬ三十過ぎで、悪所通い、酒溺で評判だそうだ。どこからも養子の話が持ちこまれぬほどのな。おそらく、柳沢は評判の悪い弟の養子先を紹介してもらい、田沼は神君お分けものを手に入れる。この約束でもあったのだろう」

　吐き捨てるように半左衛門が言った。

「子がおらぬのが、こうなると恨めしいわ」

　半左衛門は妻を娶ってかなりになるが、いまだに子はできていなかった。側室も妊娠する兆候さえ見せない。血縁の女子を養女にしてはいるが、半左衛門の跡取りはまだいないのが現実であった。

「さっさと半五郎を跡継ぎにしておけばよかったわ」

　弟忠高の幼名を半左衛門は口にした。

「今からお届けになられれば……」

旗本の嫡子は、奥右筆《おくゆうひつ》へ書付で出し、幕府の認可を得なければならなかった。

「奥右筆が受け付けてくれまい」

杉浦五郎右衛門の案を半左衛門は否定した。

「あの主殿頭ぞ、すでに手は打たれておる」

奥右筆は、幕府にかかわるすべての書付を扱う。どの書付をいつ処理するかの権をもち、老中や御三家といえども、気を遣うほど力があった。当然、大名旗本も、なにかあったときに素早く対応してもらおうと、奥右筆へ節季節季の贈りものを欠かさない。もちろん、伊奈家も奥右筆の組頭あてへ、盆暮れに相応のものを届けている。しかし、田沼意次の思惑に逆らってまで伊奈の味方をしてくれるとは思えなかった。さからえば、奥右筆とて無事ではすまない。

「後手をうったわ。神君お分けものを狙ってくるとばかり考えていた。まさか、伊奈の家を標的とするとは……」

半左衛門が臍《ほぞ》をかんだ。

「いかがいたしましょう」

「打つ手がない」

肩を落として、半左衛門は嘆息した。

「……柳沢の六男を……」

暗い声で杉浦五郎右衛門が言いかけた。

「無駄だ」

半左衛門は首を振った。

「そのていどのこと、主殿頭が想定していないはずはない。手出しをすれば、それこそ思う壺ぞ」

「では、このまま座して……」

「……一つだけ手がある」

「と仰せられますと」

「主殿頭が遠慮せねばならぬほどのお方から、縁談を持ちこんでもらうしかない」

「そのようなお方がおられましょうか」

杉浦五郎右衛門が尋ねた。

「無理でも探さねばならぬ。儂はそちらにかかりきりになる。杉浦、そなた、葛飾郡のことを差配いたせ。赤山より人を連れて行くがいい。数を見せつけるのだ。よいか。つけこまれることのないように万全を期せ」

「命に替えましても」

言われた杉浦五郎右衛門が承諾した。

二

関東郡代の支配地は、江戸の城下を囲むように点在している。いずれも幕府にとって枢要な場所であった。それだけに万全の治世が求められていた。

「葛飾郡で、水争いの気配があるというか」

田沼主殿頭意次が、確認した。

「そのように報せが参りましてございまする」

お城から下がってきた主へ、用人樫村が述べた。

「ふむ」

「大事ございませぬか」

考えこんだ主に、用人が問うた。

「養子のお話に障りが……」

「……そうよなあ」

着替えを終えた田沼主殿頭が、腰を下ろした。

「かえって使えるやも知れぬ」

田沼主殿頭が述べた。

「伊奈に圧をかけるのにちょうどよい。葛飾ならば江戸から近い。騒動があれば隠すことは難しかろう。樫村、人をやって、水争いを起こさせよ」

「よろしゅうございますので。水争いは伊奈家の失点、咎を受けることになりましょう。罪を犯した家は、慶事を遠慮するもの。柳沢さまとの養子は白紙となりませぬか」

「水争いが一揆にまでなり、それが御上へ聞こえたとなれば、柳沢家との養子縁組は破談となるだろうな」

樫村の危惧に、田沼主殿頭がうなずいた。

「それでは、ご都合が悪くございませぬか」

「大事ない。咎を受ける寸前で儂が救いの手を伸ばす。となれば、伊奈も柳沢の放蕩息子を受け入れぬわけにもいくまい」

田沼主殿頭が笑った。

「殿の足をすくおうと考えておる者どもが、手出しをしてこなければよろしいのでございまするが」

さらなる心配を用人が口にした。

「神君お分けものを手にすれば、誰も余に手出しはできぬ。気にせずともよい」

あっさりと田沼主殿頭が否定した。

前例のない出世を遂げた田沼主殿頭をねたむ者は多い。

もともと田沼家は紀州藩の足軽であった。田沼主殿頭意次の父が紀州藩主であった徳川吉宗の八代将軍就任に伴って江戸へ出たことで運が開けた。

将軍になったとはいえ、幕臣から、傍系と軽視された吉宗は、紀州から連れてきた家臣たちしか頼れる者がいなかった。

田沼主殿頭の父意行《もとゆき》が、旗本へと引きあげられ、吉宗の身の回りを世話する小姓役に抜擢されたのは、そのおかげであった。

将軍の側へ仕える小姓は、それほど広くないお休息の間で一日を共にする。将軍と親密であるという点では、他職を数段上回る。

意行は四十九歳で死亡したが、小納戸《こなんど》頭まで進んでいたおかげで、跡を継いだ田沼主殿頭は、吉宗の嫡男家重の小姓として出仕できた。

次期将軍の側近となった田沼主殿頭は、その気働きで家重のお気に入りとなり、小姓組番頭から、お側御用取次へと進み、一万石の大名に昇進した。その信頼は家重の息子家治にも受け継がれ、そのままお側御用取次に取り立てられた。

お側御用取次は家治への面会を取り仕切る。老中であろうとも、田沼主殿頭の許可なく家治と面会できないのだ。全幅の信頼がなければ務まらない役職であった。

「主殿頭を呼べ」

家治は何においても田沼主殿頭を信頼し、どのようなことでも相談した。

「上様、これについては、このようになされればよろしかろうかと」

「そうせい」

やがて家治は、田沼主殿頭の奏上にうなずくだけとなった。いや、田沼主殿頭が認めない限り、家治の認可は下りないのだ。今や、政を動かしているのは、御用部屋の老中たちではなく、田沼主殿頭であった。

「ではございましょうが」

用人が、主君を見上げた。

「上様がおられる限り、余は安泰である。案ずるでない」

小姓の運んできた茶を受け取りながら、田沼主殿頭が用人をなだめた。

「ただちに手配をいたしまする」

遅滞は主のきらうところだと、樫村はよく知っていた。

「言わずともわかろうが、もし今、一揆として拡がるようならば、抑えこめ。上様のお膝元ともいうべき関東で、百姓どもに筵旗《むしろばた》をあげさせるわけにはいかぬ。ただし、場合によっては……一揆を起こさせるやも知れぬ。もっとも、形だけだ。すぐに治められるように手配りはしておけ」

「はっ。承知いたしましてございまする」

平伏した樫村が、田沼主殿頭の前から下がっていった。

「殿、ご来客方がお待ちでございまする」

控えていた小姓が、主君へ告げた。

「そうか。今宵は何人だ」

　今や幕政を牛耳っている田沼主殿頭のもとには、便宜を図ってもらおうとして、大名旗本が集まってきていた。

「薩摩さまを始めとして、二十四名だそうでございまする」

「島津公が、お見えか。あまりお待たせしては行かぬな。参るとしよう」

　田沼主殿頭が腰をあげた。


　三十万石の領地を預けられているとはいえ、伊奈は領主ではなかった。何をするにも、徳川幕府の名前のもとでなければならず、また、半左衛門の下した裁決が最終であるとは決まっていなかった。領地のことならば、幕府に届けることなく、自在に領民を罰したりできる大名とは、大きく違った。もっとも表向きの話であり、支配地のことに勘定奉行たちが口出ししてくることはまずなかった。

　伊奈家の苦労は、預けられている天領と境を接している大名たちであった。

「我が家は三河以来徳川に仕え、先祖は直接神君家康さまより、この地をいただいた。この川から向こうをな。つまり、川も我が領地である。その川から無断で水を取るなど言語道断である。ただちに百姓どもへ触れを出し、川からの取水を止めていただきたい」

「天領の百姓どもが、国境の街道沿いに松を植えたとのこと。これでは、我が領地の田に日が当たらず、米の出来が悪くなりまする。伐採を願いたい」

など、いろいろと要望してくるのだ。

「川は、国境として決められたもの。どちらに属するというものではござらぬ。どうしても川が貴殿の領地だと言われるならば、流れが変わり、そちらに食いこんだおり、そのぶんの土地は天領となるのでよろしいな」

「街道沿いに松を植えることで、旅人の便宜を図るという三代将軍家光さま以来の政でござる。天領に住む者として、幕府の指示に従うは当然。それを切れというは、御上に異論を申し立てるも同然。郡代としては、ことの次第を勘定奉行さまへお伝えいたさざるをえませぬ」

代々の半左衛門はきっぱりと断り、天領を守り続けてきた。

もちろん、逆に伊奈家が責められることも多々あった。

「水は儂らが先にもらう。なにせ、儂らの作る米は、将軍さまのもとへあげられるのだからの。おまえたちは、あまった水でなんとかするがいい」

「鎮守社の祭りは、儂らだけでやる。おまえたちは来るな」

天領の百姓は、大名領や旗本領に比べて気位が高い。隣接する大名領などの百姓を見下し、無理難題を押しつけたりした。

そのたびに大名たちから苦情が来るのだ。なかには老中と親戚筋の大名もある。あまり無碍なまねはできない。

これには代々の半左衛門も苦労した。百姓も叱りつけるだけでは言うことをきかない。

米の出来不出来が、武士の生活に直結しているのだ。逆らったからといってむやみやたらと罰することができない。百姓が減れば、そのぶん田畑を耕す者がいなくなり、作物の取れ高に響くのだ。そのことを百姓たちもよく知っている。

「杉浦を赤山へ行かせたは失敗であったか」

柳沢の養子問題を優先して、手慣れた家臣を回した半左衛門は、翌日後悔をし始めていた。近いとはいえ、赤山までは一日かかる。人を集めて葛飾へ向かうには、さらにときがかかる。動かせる家臣を赤山に集めたことが、裏目となっていた。

「慎重すぎたか」

悔やんでいる半左衛門のもとへ、よくない報せが来た。

「葛飾で、百姓が争い、けが人が出た模様でございまする」

夕刻、早馬が郡代屋敷へ着いた。

「五郎右衛門、間に合わなかったか。詳しく話せ」

半左衛門は、使者を書院に招いた。郡代屋敷とはいえ、役宅にはいろいろな者が出入りする。半左衛門の失策となりかねない話を、するわけにはいかなかった。

「下ノ村から庄屋を始め数名の男が、話をしに上ノ村へ参ったところ、上ノ村の庄屋はまったく応じず、会うこともなく追い返そうと……」

「会おうともしなかったのか」

使者から話を聞いて、半左衛門があきれた。

続けて使者が語った。

「下ノ村の庄屋は一度引き下がったようでございまするが……」

「村が納得することはないか」

半左衛門は嘆息した。

庄屋は確かに村を代表する権を持つ。しきたりを破った村人を八分にすることもできるし、幕府からの報せはすべて庄屋宛に出される。

しかし、百姓としての生死がかかったとき、もっとも最初に血祭りに上げられるのも庄屋であった。庄屋は幕府側によって選ばれるため、心底から村人に尊敬されるのは難しかった。

「上ノ村の庄屋も出来の悪い」

吐き捨てるように半左衛門が首を振った。

「会うだけならば、負担になるまい。面会して要求を聞き、対応を協議するとでも言って引き延ばすべきなのだ。延ばした間に雨が降るかも知れぬというに」

「和解の場を設けましょうや」

「もう遅かろう」

半左衛門が肩の力を落とした。

「人を出す用意をさせよ。早馬は使うでない。何かあったと報せることになる」

「ここには、手代が六名ほどしかおりませぬ」

使者が危惧した。伊奈家の家臣は公式な役人ではない。もめごとが起こる前ならば、まだしも、争いとなれば仲立ちになるのは、役人でなければならなかった。

「一揆になる前におさえなければならぬ。下ノ村の庄屋と上ノ村の庄屋を捕らえるだけでことはおさまるはずだ。水が足りている上ノ村に不満はない。下ノ村の暴発に同調はすまい」

「承知いたしましてございまする」

急いで使者が出立した。

「主殿頭に隠すことはできぬであろうな」

すっかり冷え切った茶を半左衛門は飲み干した。


「水をよこせ」

黒々と書かれた筵旗を先頭に、下ノ村の百姓が上ノ村へと押し寄せた。

「徒党を組むのは御法度ぞ」

村の外れまで押し出した上ノ村の百姓を代表して、庄屋が叫んだ。

「少数での話し合いに応じなかったのは、そちらではないか」

下ノ村の庄屋が言い返した。

「話し合いだと。最初から水門を開けろとの一点張りだったではないか」

「水門を閉じたのは確かであろう」

「当たり前だ。雨が降らぬとならば、川の水だけが頼り。夏の日差しに稲が耐えるには、田を水で満たすしかないであろうが」

上ノ村の庄屋が述べた。

「それはわしらとて同じであろう。川の水が止まれば、下ノ村の稲は全滅じゃ。たとえ不作であっても、年貢は納めねばならぬ。このままでは、娘を売るだけでは追いつかず、逃散する者が出る」

泣きそうな顔で下ノ村の庄屋が言った。

逃散とは、年貢が納められなくなったりした百姓が、家も田もすべて捨てて、村から逃げ出すことである。どこへ行ったかわからぬようにするため、人別《にんべつ》も残したまま消えるのだ。人別を失った者は無宿人となり、それだけで罪人となった。

幕府や大名にとって百姓は収入のもとである。いかに将軍でございと威張ったところで、己では一粒の米も作らないのだ。百姓が田を耕さねば、武家はすぐに干上がってしまう。それだけに百姓が田畑を捨てて、他所へ移動することは、幕府を始めどこの大名旗本も厳しく制限していた。

「逃散は大罪ぞ」

「水門を開ければ、逃げずともすむ」

「開ければ、こちらが潰れるわ」

「百姓は相身互いであろう」

庄屋同士がやりあった。

「話し合いなど無駄じゃあ」

下ノ村の百姓が、大声をあげた。

「今、田に水を入れねば、稲が死ぬ」

手に筵旗を持っていた下ノ村の百姓も悲壮な叫びを発した。

「娘は去年、売ってしまった。もう、なにもない」

壮年の百姓も涙で訴えた。

「ま、待て。争いはまずい」

下ノ村の庄屋が、宥めにかかった。しかし、我慢を重ねてきた百姓はおさまらなかった。

「水門を壊せ」

「二度と水を止められないようにしてしまえ」

手にしていた鍬や棒を振りかざして、下ノ村の百姓が、駆け出した。

「やらせるな」

「水門を守れ」

上ノ村の百姓たちが応じた。

「止めよ、止めよ」

庄屋たちは、必死に制止したが、頭に血ののぼった百姓たちの耳には届かなかった。

「陣屋に知れたら……」

「始めたのは、そちらだぞ」

頭を抱える下ノ村庄屋へ、震えながら上ノ村の庄屋が責任を押しつけた。

「喧嘩両成敗が決まりじゃ。儂だけですむと思うなよ」

下ノ村の庄屋が開き直った。

その間も争いは激しくなり、怪我人が出だした。

水門といったところで、跨《また》げるほどしかない幅の川である。きっちりとしつらえたものではなく、石や瓦の破片を利用しただけであった。

「こいつめ」

上ノ村の囲みを破った下ノ村の百姓が、鍬の一撃を水門に加えた。水門が崩れて、たまっていた水が流れ出した。

「やった」

下ノ村の百姓たちが歓声をあげた。

「あっ」

「こいつ」

破壊された水門を見た上ノ村の百姓たちが激怒した。

「もう許せねえ」

上ノ村の百姓たちの表情が変わった。

「なにを。二度と水門を閉める気にならないように、痛めつけてやる」

応じて下ノ村の百姓たちも気合いを入れた。

「静まれ、静まれ」

　そこへ、郡代屋敷の手代たちが駆けつけた。

「五人以上の徒党は禁止である。ただちに散れ」

　先頭の手代が大声をはりあげた。

「騒動を停止いたせ。今ならば、お慈悲もある」

「無駄でございますよ」

　下ノ村の庄屋が首を振った。

「ここまで来てしまえば、やるだけやらないと」

　上ノ村の庄屋もあきらめていた。

「馬鹿を申すな。すぐにでも終えねば、こちらも黙ってはおらぬぞ」

　手代が、刀に手をやった。

　武士の身分ではない手代だが、任についているときは脇差を帯びることが許されていた。

「…………」

　膝を突いていた二人の庄屋が、立っている手代をじっと見あげた。

「なんだ」

手代の腰が引けた。

「水争いは、百姓にとっては命がけの戦場《いくさば》でございまする」

最初に下ノ村の庄屋が言った。

「理非とは別のもので」

上ノ村の庄屋が続けた。

「あのなかへ割ってはいられるおつもりでございまするか」

下ノ村の庄屋が目を闘争の場へ向けた。

「むうう」

問われた手代が絶句した。

「どうやら水門が完全に壊されたようでございまする。もう、騒動は続きますすまい」

嘆息しながら上ノ村の庄屋が告げた。

「では……」

水門が壊されたことを容認するような雰囲気の上ノ村の庄屋へ、下ノ村の庄屋が喜びの顔を浮かべた。

「水門を再築するまでの間だけよ」

突き放すように上ノ村の庄屋が言った。

「そのあとは……」

「より堅固な水門を作り、二度と開けぬ」

すがるような下ノ村の庄屋へ、冷たい答を上ノ村の庄屋が返した。

「それはあまりであろう」

「先に手を出したのはそちらであろう。力で来るような連中と、話し合いなどもてるものか」

上ノ村の庄屋が吐き捨てた。

「はかったな」

下ノ村の庄屋がいきり立った。

「最初からそのつもりだったな。水など一滴もよこすつもりはなかったのだろう」

「言いがかりはよしてもらおうか」

唾を飛ばして激昂する下ノ村の庄屋を、迷惑そうな顔で上ノ村の庄屋が見た。

「手代さま」

下ノ村の庄屋が手代へ話を振った。

「どうなのだ、仁右衛門《じんえもん》」

手代が訊いた。

「そのようなことはございませぬ」

仁右衛門が首を振った。

「とぼけるでないわ。ここ数年、雨の降りが少なく、水が足りませぬ。今まではなんとか夜だけ水門を開けるなどで、下ノ村にも回してはくれておりましたが、やはり米の取れ高は満足のゆくものではございませなんだ」

「うむ」

郡代の主たる仕事は年貢の取り立てである。手代が知っていて当然であった。

「米の出来が悪くとも、年貢の高《たか》は変わりませぬ」

「…………」

手代は答えなかった。

天領は大名領に比べて年貢が安い。その代わり、豊作凶作などへの対応が悪かった。

「この三年で、売るものはすべて売り尽くしましてございまする」

暗い目で下ノ村の庄屋が口にした。

「さきほど水門を破壊した権蔵《ごんぞう》は、去年の年貢を納めるため、二人居た娘を女衒《ぜげん》に売りましてございまする」

「うっ……」

「その権蔵を天秤棒で殴りつけている弥助《やすけ》は、この春、喰えないからと生まれた子供を水に流しまして……」

上ノ村の庄屋が続けた。

「この水争いは、上ノ村が一息つくか、下ノ村とともに潰れるかの瀬戸際なので」

「下ノ村を潰す気か」

「仕方あるまい。吾が命ほど大切なものはなかろうが」

「……しかし……」

下ノ村の庄屋が口ごもった。

「とりあえず、引け。水については、郡代さまにお話を申しあげる」

合間を縫うように手代が、述べた。

「水でございまするか……年貢の減免ではありませぬので」

粘りつくような目つきで、仁右衛門が言った。

「だがな、仁右衛門、水はどこのものでもないのだ。山から流れて、海へいたるもの。それを上ノ村だけで遣うというのは、どうであろうか」

機嫌を取るように手代が話した。

「仰せのとおりでございまする」

さっと下ノ村の庄屋が尻馬に乗った。

「では、川の流れを変えていただきましょう」

仁右衛門が川を指さした。

「そのようなことできようはずもない」

手代が大きく首を振った。

河川の付け替えがなかったわけではない。だが、そのためには莫大な金と、かなりのときを費やさねばならなかった。それだけの余裕は、もう幕府にはない。

「ならば、このままでよろしゅうございましょう」

淡々と仁右衛門が語った。

「日照りがいつまでも続くわけではございませぬ。十分な雨が降れば、水門は開け放ちまする」

「それでは、間に合わぬ」

下ノ村の庄屋が叫んだ。

「天気のことに文句を言ってもどうにもならんぞ。雨乞いを何度やった。一度でも雨が降ったか。日照りも天の配剤なのだ。下ノ村が滅びるのもな」

仁右衛門が下ノ村の庄屋へ放った。

「きさまああ」

下ノ村の庄屋が真っ赤になって怒った。

「最後まで聞け。もし、来年もこの日照りが続けば、上ノ村も滅びるしかない。灌《かん》漑《がい》の水を引こうにも、この山の奥では無理だ」

「…………」

静かな仁右衛門に下ノ村の庄屋が、落ち着きを取り戻した。

「山野さま」

仁右衛門が手代へ話しかけた。

「年貢を下げていただけませせぬか」

「……無理を申すな。儂にそのような権はない」

山野が首を振った。

手代は郡代の手足として、書類仕事をなすのが任である。もちろん、年貢の納付にも立ち会い、米の質、量などを検査するが、身分は低い。

「郡代さまへ、伊奈さまへ、おっしゃっていただきたく」

上ノ村の庄屋仁右衛門の策に気づいた下ノ村の庄屋も平伏した。

「でなくば、二村が荒れまする」

仁右衛門がとどめを刺した。

田は耕す者が居なくなれば、だめになる。雑草が生え、畦《あぜ》が崩れ、一年経たないうちに荒れ地へ戻ってしまう。一度荒れた土地を田にするには、人手と金と、ときを費やさねばならなくなる。当然、その間の年貢は止まる。郡代にとって、それは大事であった。

「できぬ」

震える声で山野がふたたび拒絶した。

「そのようなこと申しあげてみよ、儂がとがめられる」

山野も保身に走った。

たかが二十俵二人扶持とはいえ、なにごともなくいけば、孫子の代まで受け継いでいけるのだ。

「やっぱり」

上ノ村と下ノ村の庄屋が顔を見合わせて、うなずいた。

「あの御仁の言うとおり、御上は、百姓の命などどうでもよいのだな」

「……あの御仁とは……」

二人の話に山野が、口を挟みかけた。

「では、このままお見過ごしなされませ」

遮るように、下ノ村の庄屋が立ちあがった。

「皆の衆、帰るぞ」

「……もう少しで水門を作れぬほどに川岸を壊せる」

頭から血を流しながら権蔵が、棒を振った。

「もういい。どうやったところで、水門は作られる。これ以上怪我をしては、あとにひびくぞ。儂はもう村へ戻る」

力なく下ノ村の庄屋が背を向けた。

「お庄屋さま」

あわてて下ノ村の百姓たちが、逃げ出した。

「止めよ」

追撃しようとした百姓たちを仁右衛門が制した。

「しかし、弥助に権左《ごんざ》が、傷を……」

百姓が抗弁した。

「もういい。水を止めればそれで下ノ村は終わりだ」

仁右衛門が告げた。

「明日、水門を作り直す。皆、朝から出張ってくれるように。次郎吉、山へ入って適当な石を見繕っておいてくれ」

「あ、ああ」

次郎吉がうなずいた。

仁右衛門が、山野へ振り返った。

「では、これにてご無礼つかまつりまする」

一礼して仁右衛門が、村のなかへと戻っていった。

「あ。ああ」

すでに下ノ村の百姓たちの姿はない。

残された手代たちは、唖然とするしかなかった。

「どう報告すればいいのだ」

山野が力なく呟いた。

三

水争いで怪我人は出たが、死人は出なかった。

手代たちは協議した結果、そのままを郡代役所へ報せた。

「今年の年貢さえ取れればなんとかなる。来年は雨が降るかも知れない」

事実を糊塗し、対応を先送りにする。失敗さえしなければ、禄を失うことのない役人の保身であった。半左衛門は、上司である勘定奉行へ報告しなかった。

しかし、勘定奉行には届けられなかったもめ事を、田沼主殿頭は知っていた。

「水争いで終わったか。一揆にならなかったのは重畳」

聞いた田沼主殿頭が満足そうに首肯した。

「いかがいたしましょうや」

樫村が問うた。

「遣われまするか」

「まだ早い」

田沼主殿頭が首を振った。

「このていどのこと、ただの喧嘩だと言われれば、それ以上つつきようがない」

「……なれど、百姓どもが徒党を組んで争った。これは、郡代の失点でございましょう。伊奈さまも、御上に知られたくはございますまい」

主の否定に樫村用人が食い下がった。

「脅して養子を受け入れさせるには、ちと弱い」

用人の言葉に田沼主殿頭が笑った。

「たしかに、今でも有効であろう。だが、それは奥底での反発を産む。我らが求めているのは、神君家康さまの遺されたもの。伊奈に託された遺品を、なんとしてでも手にしなければならぬのだ。このままならば、伊奈は沈黙したまま遺品の場所を棺のなかまでもっていくであろう。それでは困るのだ」

田沼主殿頭が表情を引き締めた。

「幕府の金倉はすでに床板が見えているのだ」

「…………」

「八代将軍吉宗さまが、倹約を重ねて遺された金は、九代将軍家重さまが、使い果たしてしまわれた」

あふれんばかりであった幕府の金倉は、三代将軍家光の御代から急激に減ってきていた。ものを生み出すことのない武家は消費するしかないという根本の事情もあったが、それを凌駕《りょうが》するほどの出費のせいでもあった。

江戸城はなんと三回も天守閣を建て直していた。

初代家康の建てたもの、二代秀忠の建てたもの、そして三代家光の建てたものである。その中で、初代家康の天守閣はあって当然なものであった。

天下を目前にして非業の死を遂げた織田信長が建てた安土城以来、天守閣は権威の象徴となっていた。

この国でもっとも大きく華麗な天守閣が、天下の主を示す。将軍となり幕府を開く場所となった江戸には、ふさわしいだけの天守閣が要った。ただそのあとの二つは余計であった。

偉大すぎる父に比べられてきた凡庸な二代目は、初代が死ぬなり、その作り上げた天守閣を破却、一層華美なものを建てた。家康よりも己が優れているのだと、そうすることで天下へ示した。

それは息子にも受け継がれた。何の因果か長男に産まれていながら、父と母に疎まれ、危うく廃嫡されそうになった家光は、その恨みを父秀忠の象徴であった天守閣にぶつけた。なんの支障もなかった天守閣を、家光は潰し、新たに建て直した。

さらに家光は父への恨みの反動で祖父家康を神として崇めた。日光に城がいくつもできるほどの金をかけて東照宮を作ったり、徳川家の祈願所として巨大な伽藍《がらん》を持つ寛永寺を建てたりした。

いかに天下人とはいえ、このようなことを繰り返していては、金がいくらあっても足りようはずもない。

天下を相手に何度戦をしても尽きないと言われた幕府の金は、大きく減じた。そこへ、登場したのが五代将軍綱吉であった。

跡継ぎに恵まれなかった綱吉は、怪しげな僧侶の言葉にのり、生類憐みの令を発し、十万両という金を投じて野良犬の保護をおこなった。

これが幕府の財政にとどめを刺した。

その後始末として八代将軍吉宗が、矜持も見栄もかなぐり捨てた倹約をおこない、なんとか借金をなくし、金を貯めることに成功した。

しかし、それも一代と持たなかった。

吉宗の跡を継いだ九代将軍家重が暗愚だった。

いや、暗愚ではなかったのかも知れないが、幼少の折に患った熱病のため、言葉を発することのできなかった将軍は、家臣たちの言いなりとなるしかなかった。

倹約の気風は一掃され、また浪費が始まった。

爪に火をともすようにして貯めた金は瞬く間になくなった。

「将軍となられた家治さまが、なにもできぬのだ。吉宗さまをこえるだけの器量をお持ちなのに、金がないため政へ手を出せずにおられる」

田沼主殿頭が、苦い顔をした。

世子のときから仕えている田沼主殿頭は、家治の才に心酔していた。

「倹約の令を出すだけでは、幕政は復活せぬ。思いきった手立てを取らねば、幕府は、徳川の家は倒れる」

「そこまで……」

樫村が息を呑んだ。

「わからぬか。無理もない。武士という身分に安閑としてる限りはな。そなたは借金をしておらぬか」

「……そのようなこと……」

主君に問われた樫村が口ごもった。

「隠さず、申せ」

「いささかございまする」

命じられた樫村が述べた。

「なぜ借金がある」

「はっ」

質問の意味を摑みかねた樫村が、妙な顔をした。

「収入より支出が多いから、借金は生まれる。では、なぜ支出が収入を上回るのだ。武家の収入はおおむね毎年決まっている。樫村、そなたの禄はいくらだ」

　田沼主殿頭が訊いた。

「百五十石いただいておりまする」

　樫村が答えた。

「年貢は五公五民。ならば、そなたの収入は、年に七十五石となる」

「はい」

「もっとも玄米であるから、精米で減る。それを引いた残りが、およそ六十七石。一石一両として、六十七両。これがそなたの一年の実入りじゃ」

　すっと田沼主殿頭が計算した。

「…………」

「豊作、凶作もあり、多少の変動があっても、秋にはその年の実入りがわかるならば、その金額のなかで翌年の支出を割り振ればいい。そうすれば、少なくとも金を借りずにすむ」

「たしかに、仰せの通りではございまするが……」

口ごもりながら、樫村が主を見上げた。

「予想していないこともある。病などがそうだ。また、子が多ければ費用もかかる。だが、それらが毎年あるわけではなかろう」

「はい」

「収入の枠内で生活をたてぬから借金するのだ。それがどういうことかわかるか」

「……いいえ」

「まず、武家は馬鹿だということよ」

「殿」

さすがに樫村が声をあげた。

「引き算もできぬのだ。言われて当然であろう。日本橋あたりの商家を見よ。十五に満たぬ童が算盤を使っておるぞ」

「…………」

「もっとも今更武家が算盤を使っても間に合わぬ。なぜなら、毎年の収入が天候で変わる不安定さは同じだからの。つまりは、米にすべての収入を頼るのを止めねばならぬ」

「どういうことでございましょう」

「米での収入増加にはもう限界が来ておるのだ。幕初ならば、あちらこちらに荒れ地や人の手が入らぬところがあった。だが、今はもうどこもかしこも開発されてしまっている。新田を作る場所がなく、石高が増えぬ」

「新田はまだ作れましょう」

　樫村が口を挟んだ。

「ああ。新田を作る場所はまだあるが、今まで手がつけられなかったところぞ。なにかしらあるのだ。大きな欠点がな。それを押して開発するとなれば、かなりの金が要る。多くの金を費やして、新田を作ったはいいが、もとを取るに何年もかかっては意味がなかろう。それこそ借金を増やすだけだ。なにせ、借金には利子が付いてくるのだからの」

　用人の意見をあっさりと田沼主殿頭は破った。

「では、どうやって金を作り出すと仰せでございまするか」

　あらためて樫村が尋ねた。

「簡単なことだ。今の江戸でもっとも金を持っているものは誰だ」

「商家でございまするか」

「うむ」

満足そうに田沼主殿頭が首を縦に振った。

「まさか、御上が商いを……」

「さすがにそれは無理じゃ」

小さく田沼主殿頭が笑った。

「まあ、商いと言えば商いには違いないが。規模の大きな商い、庶民ではなく異国を相手にしたな」

「交易でございまするな」

樫村が気づいた。

「よくぞわかった。そのとおりよ。そなたも知っておろう、どれだけ長崎での交易が金を産んでおるか」

「はい。長崎奉行になりたいと殿のもとへ願いに来られるお方が多いことでもわかりまする」

賞賛された樫村が、続けた。

長崎奉行の役料は任地が遠いなどもあって他の遠国奉行に比べて多い。だが、それを凌駕する余得が長崎奉行にはあった。

長崎奉行には、交易で入港した和蘭陀船、清船から荷揚げされた商品のなかから、最初に数品形だけの金額で購入する権利があるのだ。

もちろん、幕府から正式に認められたものではない。これは、長崎で交易を仕切っている会所から、奉行への賄賂であった。

「長崎奉行を三年務めれば、孫子の代まで喰えるという」

「だそうでございまする」

田沼主殿頭の言葉に樫村も同意した。

「長崎奉行は千五百石。そのとおりの禄高とすれば、年の収入は六百八十両ほど。家臣も多く屋敷も大きい。体面もうるさかろう。それが三代にわたってやっていけるというのだ、どれほどの金額になるか。千両や二千両ではきくまい。さすがに万には及ぶまいが、わずか三年、それも数品を購《あがな》うだけで、財を築けるのだ」

「すさまじいものでございまするな」

樫村が絶句した。

「長崎での貿易は、会所に一任されておる。それを御上がおこなえば、どれほどの儲けが出るか」

「まさに」

「会所から交易を取りあげるのはさして難題ではない。御上の命に逆らうことなどできぬからの。しかし、和蘭陀や清は一筋縄ではいかぬ。今までずっと会所を通じて取引をしてきたのだ。今日から幕府が交易をと言ったところで、信用はされまい」

「信用でございまするか。御上のなさることでございますのに」

聞いた樫村が驚愕した。

「異国の者にとっては、御上の威光も届かぬ。それにどこの国でも同じだが、主君というのは無道なものだ。ものを召し上げてから、払わぬと言い出すことさえある。はるばる海をこえ、命を賭けて品物を運んできた者からしては、たまるまい」

はっきりと田沼主殿頭が首を振った。

「それはそうでございましょうが、では、どうやって」

「簡単なことだ。商人にとってなによりの信用。それは金よ」

田沼主殿頭が言い切った。

「交易の商品として十分見合うだけの金を最初に見せてやればいい」

「なるほど。性根の卑しい商人どもには、金の光がなによりでございますな」

「その性根卑しい商人どもに金を借り、頭の上がらぬのは、武家ぞ。戦がなくなったあとも両刀を差し、町民どもを見下ろすしかしてこなかったつけが、来ていることに気づかぬか。見識が甘いわ」

厳しく田沼主殿頭が叱った。

「申しわけございませぬ」

あわてて樫村が詫びた。

「金がないのは首がないのと同じ。それはその日暮らしの庶民も、将軍家も同じなのだ。武家も金の算段をせねばならぬ時代になった」

「はっ」

樫村が恐縮した。

「商いには元手が要るのだ。とにかく金が欲しい」

「それだけの金が、伊奈半左衛門のもとにあると」

「うむ」

重々しく田沼主殿頭が首肯した。

「何度か咎めを受けていながら、伊奈家が幕初からずっと関東郡代で有り続けてきた理由がここにある。たかが四千石でありながら、四万石に匹敵する家臣を抱えておるのもだ。神君の遺されたもの、五つめの駿府お分けものを伊奈家は預けられた」

「駿府お分けものでございまするか。神君家康公が亡くなったとき、将軍家と御三家へお分けになられた遺品」

「物品もさることながら、なによりもすさまじいのが金子《きんす》の嵩《たか》。家康さまが亡くなられたとき、駿府に遺されていた金は、実に二百万両をこえていたという。二代将軍秀忠さまは、余には天下譲られし、懐かしき品々は受け取るが、金子は三家で分けるがいいとして受け取られなかった。そして金は、尾張と紀伊に四十万両ずつ、水戸に二十万両分けられた」

「殿、それでは半分しかございませぬ。残り百万両は……まさかそれが……」

「そうだ」

目をむく樫村に、田沼主殿頭が続けた。

「そのすべてとは思わぬが、ほとんどを伊奈半左衛門が預かっているはずだ」

「なぜ、伊奈家が」

「伊奈の先祖は、信康さまに仕えていた。そして、神君家康さま最大の危難、本能寺の変での伊賀越えにも参加していた。伊賀越えといえば、伊賀者、そして服部半蔵。服部半蔵は、信康さま切腹の折の介錯役」

「…………」

「儂が気になっておるのはな。今の伊奈家の先祖、初代とも言うべきか忠次よ。忠次は、三河の一向一揆に味方したことで神君家康さまの勘気を買い、大坂の和泉へ逃げていた。その忠次が、本能寺の変で堺に取り残された家康さまのお供をした。妙だと思わぬか」

「どこがでございましょう」

わからぬと樫村が首をかしげた。

「三河の一揆のたびに裏切った伊奈だぞ。それをわずかな供回りで敵中突破にひとしいまねをするとき、迎え入れるか」

「あっ……」

主人の前にもかかわらず、樫村が驚愕の声をあげた。

「関ヶ原での甲賀者と同じではないかと、儂は見ておる」

「まさか……本能寺の変も……」

樫村の顔色が変わった。

「伊奈を呼ぶがいい。水争いのことについて訊きたいと申してな」

用人の疑問には答えず、田沼主殿頭が命じた。

「では、水争いは、伊奈に養子を認めさせるためではなく、呼びつけるためのものの……」

主君の深謀に樫村が息をのんだ。

「…………」

「ただちに」

無言の主人へ、樫村が平伏した。

終　章

「やはりどこも無理か」

数日かけずり回ったが、養子の話は成立しなかった。田沼主殿頭の権を押しのけるほどの相手となれば、御三家、ご三卿、老中しかいない。どこも、伊奈家と身分が釣り合わなかった。その一門の縁談でもとすがったが、それにはあまりに日数が足りなかった。行きどころのない息子を抱えている家が、何軒か興味を示したが、田沼主殿頭の名前を聞くと、すっと身を退いてしまった。

「残るは朝廷か」

五摂家でさえ喰いかねているのだ。四千石の旗本となれば、かなりの家柄でも喜んで話を受けるはずであった。

「しかし、京は遠い。間に合わせられるか」

急いでも片道で七日以上かかる。そのうえ海千山千の公家を言いくるめなければならないのだ。心利いたる者を使者にたてなければならなかった。

「やはり杉浦に命じるしかないか」

杉浦を呼び返す手配しようとしたところへ、田沼主殿頭から呼びだしが来た。

「早すぎる」

招きを断ることはさすがにできない。

「なんとしてもあと一カ月、いや半月は日を稼がねば」

どうやって田沼主殿頭を納得させるかと考えながら、半左衛門は騎乗の人となった。

田沼主殿頭からの呼びだしに応じた半左衛門だったが、田沼家上屋敷に着いてからかなり待たされた。

「どうぞ。こちらへ」

ようやく声がかけられたが、すでに夜半近くなっていた。

「お待たせをいたした」

案内されたのは、田沼主殿頭の居室であった。

「貴殿とはゆっくり話をさせていただきたかったのでな。まず、他の客を終わらせた。すまぬことである」

田沼主殿頭が詫びを口にした。

「いえ。ご多用のほどは存じあげておりますれば」

気にしないでくれと半左衛門は首を振った。

「で、ご用件は」

半左衛門が早速に問うた。

「養子のことよ。どうだ。よい返事をもらえるのだろうな。この主殿頭が間に入っておきながら、ならぬとあっては、柳沢に顔向けができぬ」

「そのお話でございましたら、じつは、京の公家……」

「無駄なことはよせ」

言いかけた半左衛門を田沼主殿頭が遮った。

「水争いのこと、勘定奉行に届けておらぬようだな」

「……ご存じでしたか。やはり」

半左衛門は返した。

「やはりということは、そなた、わかっているのだろう」

「はい。神君お分けものを狙っておられるのが、主殿頭どのだと」

田沼主殿頭の問いに、半左衛門は首肯した。

「ならば、話は早い。神君お分けものを渡せ。ないなどと、とぼけてくれるなよ。儂を失望させるな」

「神君お分けもののことをご存じならば、おわかりでございましょう。あれは、信康さまのご子孫へ渡すようにと、神君家康さまよりお預かりしたもの」

「なのに、信康さまが亡くなられてから何年になると思う。百年をこえているのだぞ。信康さまのご子孫は現れて来られぬ。これがどういうことかわかるだろう。信康さまのご子孫は絶えたのだ。絶えていなくとも、すでに家康さまの遺されたものを受け継ぐだけの資格はない」

「何を言われるか」

半左衛門は、田沼主殿頭を睨んだ。

「当然であろう。家康さまが遺された最大のものはなんだ。天下であろう。戦のない泰平の世と言い換えたほうがわかりやすいか。その天下を維持するに、信康さまのご子孫はなにかされたか」

「……………」

「なにもされておらぬ。代々の上様は将軍として天下をまとめられ、御三家は神君の血筋を遺すだけでなく、謀反の旗が翻ったとき、朝廷、江戸を守るために尾張、紀州、水戸の地を治め続けてきた。その他のご一門もそうだ。関ヶ原で徳川の天下を成し遂げるため、命を賭けて戦ったことは否定できまい。だが、信康さまのご子孫はどうだ」

田沼主殿頭が弾劾した。

「そのようなこと重々ご承知の上で、家康さまは遺されたのだ。そのご遺志を無視することなどできぬ」

口調を変えて半左衛門は抗じた。

「神君さまのご遺志か。それには逆らえぬの」

「おわかりいただけたか」

引いた田沼主殿頭を見て、半左衛門は息をついた。

「差し出せとはもう言わぬ。貸せ」

「な、なにを」

半左衛門が絶句した。

「金がないのだ。このままでは幕府がもたぬ。それは神君家康さまのお志に反するであろう。なに、取りあげるというわけではない。幕府の財政が好転すれば、必ず返す。利子代わりに、信康さまのご子孫が名乗り出られれば、十万石を差しあげよう」

田沼主殿頭が述べた。

「貸し借りだと……馬鹿な……」

あまりの話に半左衛門が鼻先で笑った。

「そうか、したがえぬか」

冷たい声を田沼主殿頭が出した。

「少し昔の話につきあってもらおうか」

「なんでござる」

話題を変えようという田沼主殿頭に、半左衛門は、戸惑った。

「天正十年（一五八二）六月の二日……」

「…………」

「言わずともわかろうが、織田信長公が、明智日向守光秀によって討たれた日。と同時に神君家康公苦難の伊賀越えが始まった日でもある」

「これはまた古いお話でござるな」

「よく知っているはずだ。なにせ、伊奈家が徳川の家臣に戻った日でもあるのだからな」

田沼主殿頭が、半左衛門へ厳しい目をやった。

「そのように伝えられてはおりまする」

半左衛門は淡々と応えた。

「最後まで言わせる気か。往生際の悪い者は、好まぬぞ」

あきれた顔で田沼主殿頭が言った。

「まあいい。押し問答で無駄にときを喰うのは愚者のすることだ」

田沼主殿頭が述べた。

「伊奈忠次だが、経歴がおもしろいの。三河一向一揆で家康さまに手向かい奉り、放逐された後、なぜか嫡男信康さまの家臣となっている。それはいい。戦国の世だ。遣える者は誰もが欲しいからな。さて、問題はその後だ。信康さまが、織田信長公より糾弾を受けられた。そのとき、家康さまが、家中の動揺を抑えるため、信康さまにつけられていた東三河の衆へ、今後も徳川へ忠義を尽くすとの誓詞を取られた。記録によると、全員が提出したとある。全員となると、伊奈忠次も含まれるはずだな」

「…………」

「だが、信康さまが切腹されると伊奈忠次は、三河から出奔、泉州堺へ逃げ出した」

反応のない半左衛門を無視して、田沼意主殿頭が続けた。

「そして三年、本能寺の変が起こった。明智日向守の謀反があったとき、家康さまは堺におられた。忠次のおる堺にな。そして伊賀越えとなり、無事に三河へ着いた家康さまは、忠次を許し、旗本とした」

「よくご存じでござるな」

「このくらいのこと、紅葉山文庫まで行かずとも奥右筆へ問うだけでたりる」

紅葉山文庫とは、幕府の収集した書物を保管している。ありとあらゆるものがあり、ほとんどのことを調べられた。

「のち忠次は、一万石を与えられている。のう、これも不思議なことではないか。一向一揆に加わらず、家康さまの側に終生有り、槍の半蔵とまで言われた服部半蔵正成が、八千石で、大名になれなかった。対して、家康さまを三度まで裏切った忠次が一万石。今でも伊奈は関東郡代という役得のある職を世襲しているだけでなく、実質四万石を与えられている」

「さて、そこはわたくしにわかりかねまする。禄をお決めになったのは神君家康公でございますれば」

　半左衛門はとぼけた。

「甲賀者と伊賀者の違いを語らせたいか」

　田沼主殿頭がきつい声を出した。

「…………」

　ふたたび半左衛門は沈黙した。

「信康さまのお血筋を預かったのは、忠次だな」

「なにを……」

「だけではない。本能寺の変にもかかわっておろう。いや、これは神君家康さまのお考えであろうがな」

「たわけたことを……神君家康さまが本能寺の変に……」

「武田を滅ぼし、毛利を倒す。信長どのの天下取りの支障となるは、北条と上杉。だが、上杉は稀代の名将謙信を失った後、世継ぎを巡って混乱している。実質は北条のみ。そして、北条がなくなれば、信長公の天下統一でじゃまになるのは……神君家康さまだけ」

「なにを言うか。神君と織田信長公は幼なじみでもあられた。強固な絆で結ばれた同盟ぞ。そのようなことが……」

「ではなぜ、信康さまは腹切らされた。強固な絆があるならば、殺さずともよかろう。それこそ出家でもよかったはずだ」

「…………」

「本能寺の直前、安土城で催された甲州制覇祝宴で、饗応役を命じられるほど、明智日向守は家康さまと親しかった。長年仕えてきた織田家譜代の佐久間、丹羽などを、役目が終わるなり領地すべてを取りあげて放逐する信長公に、明智日向守が不安をもっていて当然だ。やられる前にやれ。家康さまが明智日向守と手を組んでも何の不思議もない」

独り言のように田沼主殿頭が語った。

たしかに織田信長は、長年の宿敵大坂石山本願寺を退けたあと、その対応を一任していた老臣佐久間信盛を追放していた。本願寺攻めにときがかかりすぎたことを咎めたのだ。ほかにも林秀貞、安藤守就、丹羽氏勝らが、同時期に罪ともいえぬ咎で、放逐されている。天正八年（一五八〇）、信長の家臣たちに衝撃が走ったのは確かであった。

「家康公と明智日向守は、信長公を排することで一致して本能寺の変が起こった。当然、家康さまの三河入りは、最初から計画されていた。そこに忠次もいた。本来ならば、許されるはずのない忠次が、堺に居た理由はただ一つ。信康さまの忘れ形見、若君がそこにおられたからだ。そして家康さまは、孫である若君へ会うため堺へ行った。そうだな」

「はて、そのような夢物語になんの証拠が……」

確認する田沼主殿頭へ、半左衛門はうそぶいた。

「証拠などあるはずもない。家康さまがそのような失策を犯されるわけなかろう」

「では、意味のないことではないか」

半左衛門は迫った。

「なにより、その話が本当ならば、家康さまは堺に残っておられてもよかったのではないか」

「甲州、尾張、美濃が、信長公の死で浮く。そのまま放置するわけなかろう。家康さまが望まれたのは征夷大将軍。駿河で幕府を開くには、それだけのものが要る。なればこそ、家康さまは藤原氏から源氏へと姓を変えられた。幕府を開くのは源氏と決められているからの」

半左衛門の反論を、田沼主殿頭がいなした。

「これ以上言わせるならば、葛飾での水争い、一揆になるぞ」

「くっ」

脅しに半左衛門は唇を噛んだ。

「一揆の責めを負わせて、きさまを隠居させ、柳沢の六男に伊奈を継がせてもよいのだぞ。当主にならば、伊奈の家臣たちはしたがおう。きさまが、抗ったところで、いずれ、お分けものの隠し場所は知れるのだ」

「………」

「伊奈が忠義を尽くすのは、上様か、それとも、神君のご位牌か。神君だというなら、関東郡代の職を解いてやるゆえ、日光東照宮の神主になるがいい」

叱りつけるように、田沼主殿頭が告げた。

「織田が倒れ、豊臣は滅び、徳川が立った。今、百万石でございい、五十万石でござい と胸を張っている連中は、そのたびに仕える主を変えてきた。だからこそ生き延びたのだ。先の主君に義理立てした者は、皆滅んでいる。柴田勝家、石田三成、宇喜多秀家ら、数えあげたらきりがないわ。伊奈も同じ道をたどるか」

「ぐっ」

のど元に刃を突きつけられたような形となった半左衛門はうめくしかなかった。

「これで最後だ。神君お分けものはどこだ」

再度の質問を田沼主殿頭がおこなった。

「……神君お分けものはござらぬ」

半左衛門はついに軍門へくだった。

「この期に及んで、嘘偽りではなかろうな」

「もちろんでござる。もともと神君お分けものはなかったのでござれば」

「説明せい」

田沼主殿頭が求めた。

「おっしゃるとおり、本能寺の変は、家康さまの恨み、明智日向守どのの恐怖が折り重なったものでござる。六月二日、ことの成否を我らは堺で待っておりました。京は信長公のお膝元、そして大坂には四国征伐のため信長公三男信孝どのが率いる四万の軍勢があり、万一ことが失敗となったとき、逃げ出すのに船が遣える堺が、京からの距離を考えても都合がよかったのでござる。その本能寺の変の報せが、信長公の首とともに堺へ届いたのは、二日のお昼だったと伝えられておりまする」

「信長公の首だと。いくら探しても見つからなかったというわけは……」

初めて田沼主殿頭が驚きを見せた。本能寺では、主君に従って討ち死にした近臣の死体は確認されたにもかかわらず、ついに信長の首は発見されなかったと言われている。その真相はここにあった。

「家康さまの望みで、首は堺へ送られたのでござる。嫡男を殺された恨みを、どうしても直接述べられたかったのでござろう。あと、父を殺された竹千代君も、仇の首を見たがられたからと聞いておりまする」

「やはり竹千代君とおっしゃったか、信康さまの若は」

「はい。信長さまの首をご覧になった竹千代さまは、ご満足され、堺から船に乗られたのでござる」

「船……どこへ行かれたのだ」

「外《と》つ国《くに》でござる」

「異国へか」

「はい。家康さまからつけられた天方山城守をはじめとする家臣たちを伴って、堺から旅立たれましてござる。そのとき、家康さまは異国でも価値の変わらぬ金をお持たせになったのでござる。それが、神君お分けものの正体」

　半左衛門は告げた。

「では、神君家康さまが、お分けものがまだあると……だましてこられたのか。なぜだ」

「竹千代さまの居場所がなかったからでござる。ときは戦国、親子でも殺し合うのが当然のおり、家康さまの嫡孫という存在は、跡を狙うお子さま方にとってなにより都合が悪いもの。まして、一度死んだことにしたのでござる。表だって守ってやることもできませぬ。そして、殺されたとしても、家康さまは文句も言えませぬ。徳川の家を残すため、あえて死なせた長男の一粒種。祖父としてできるのは、争いから離すのが精一杯」

問いに半左衛門は、先祖より聞かされた答を返した。

「神君お分けものを伊奈が預かっているとの噂は……」

「家康さまのご策略でござった。いくら、手を尽くしたところで、信康さまの若君が生きていることを隠しとおすことはできませぬ。ならば、せめて場所だけでも混乱させてやろうと、家康さまは伊奈へ偽りの役目を命じられたのでござる。神君お分けものを伊奈が預かり、信康さまの直系がおいでになったならば、渡すようにと家康さまが遺言なされた。この噂だけで、信康さまのお子さまは、この日の本のどこかに潜んでおられると皆思いましょう。そして、注目は我が伊奈家に集まる。海をこえられたご子孫へ追っ手が出ることが防げまする」

「ううむ」

「もう主殿頭さまもお気づきでございましょう。そう、家康さまの伊賀越え、あれも、堺の港から他人の目をそらすための手段だったのでござる。家康さまがわざと陸路を取られることで、本能寺の変で大きな役割を果たした堺の影を薄める」

　半左衛門は述べた。

「畏れ入るな、家康さまの策。三度も一向一揆で家康さまへ逆らった伊奈に秘事を託すなど誰も思わぬ。さすがは家康さま。伊奈がどのような失敗をしようとも、関東郡代から外されなかった理由は、それか。将軍家から我が家臣たちまでだますとはの」

「つろうございました」

　弱々しく半左衛門は首を振った。

「神君お分けものはなかったか……」

　田沼主殿頭が肩を落とした。

「上様の御代を支えるには、どうしても金が要った。そのあてが消えたか」

「申しわけもございませぬ」

「儂の見立てが甘かったな。貧すれば鈍するとはよく言ったものだ。柳沢ていどの口車に乗せられてしまうとはな」

大きく田沼主殿頭が嘆息した。

「養子のことはどうなりましょう」

半左衛門が問うた。

「受け入れよ。今更ではあるが、もう上様のご裁可もいただいた。柳沢の望みも一つくらいは叶えてやらねばなるまい。養女と娶わせれば、血筋は残ろう。そのくらいは、してやらねばの。多くの藩士を死なせた柳沢のおかげで、儂のあとの執政がお分けものに踊らずともすむようになったのだ」

「やむを得ませぬ。伊奈の命は主殿頭さまの手にござれば。お受けいたしまする」

力なく半左衛門は受けた。

「しかし、一つと仰せられましたが、ほかにも」

「知っておるであろう。柳沢の先代吉里が五代将軍綱吉さまのお種だというのは」

田沼主殿頭が話した。

「噂ていどでございまするが」

「あれは真実なのだ。そして、柳沢が望んだのは、御三家に次ぐ一門の格よ」

「一門の格でございますか」

半左衛門が繰り返した。

「ああ。事実綱吉さまから、一度与えられたのだがな。柳沢吉保が隠居したときに、一代限りの恩恵として取りあげられたのだ。それをもう一度願ってきた」

「どうなさいますので。綱吉さまのお血筋であれば、ご一門となされても……」

「たわけ」

一言で田沼主殿頭が、半左衛門を叱った。

「一門とは上様のご親戚でなければならぬ。今の上様は、紀州から来られた吉宗さまのお血筋。綱吉さまとは、まったくかかわりがない。家康さままでさかのぼらねば血がつながらぬのだ。そのような者まで一門として遇していては、家康さま以来、徳川の姫君を正室とした大名たち全部をそうせねばなるまいが。神君お分けものが手にはいったならば、それを功績として上様へ願い、柳沢だけを特別扱いにしてもよかったのだが、なければ話にならぬわ。よって伊奈に柳沢の血が入っても何の思惑もない」

金の切れ目が縁の切れ目とばかりに田沼主殿頭が否定した。

「もう帰れ。儂は新たな金策にいそしまねばならぬ」

「では、ごめん」

追い払われるようにして、田沼家上屋敷を後にした半左衛門の顔は、重荷を下ろしたかのように晴れやかであった。

郡代屋敷へ戻った半左衛門は、重臣会田七右衛門、杉浦五郎右衛門を招いた。ともに江戸を離れていた二人だったが、急いで戻ってきた。

「柳沢家より養子を迎える」

「無念でございまする」

「間に合いませんでしたか」

会田七右衛門、杉浦五郎右衛門が苦渋の声を漏らした。

「悔やんでくれるな。これで伊奈家は、神君お分けものを守るという役目から放たれたのだ」

安堵の表情で半左衛門は、すべてを語った。

「……そんな」

「まこと、神君お分けものは、ないので」

二人の家臣が呆然とした。

「そうじゃ。今まで隠してきたのも、策であった」

強く半左衛門が首肯した。

「これからは、皆、いつ襲われるかを考えずすむのだ。めでたい」

「……………」

「なにがめでたいので」

浮かれる半左衛門へ、杉浦五郎右衛門、会田七右衛門が冷たい目を向けた。

「戦いで死んだ者たちは、無駄死にではございませぬか」

ぐっと会田七右衛門が身を乗り出した。

「無駄ではない。おかげで伊奈家は生き残ってきたのだ」

半左衛門は否定した。

「これからは田沼さまにしたがって、生きていかれると」

杉浦五郎右衛門が訊いた。

「そうなろう」

「藩士たちを殺した相手に庇護される……」

「言うな。世の倣いなのだ。このままでは、伊奈が潰される。そうなれば、そなたたちも浪人するのだぞ」

家臣二人の糾弾に半左衛門は、激した。

「お話はそれだけでございまするか。ならば、我らは、水争いの後始末がございますので、これにて」

主君の怒りを放置して、会田七右衛門と杉浦五郎右衛門が、下がっていった。

こののち田沼主殿頭は、印旛沼《いんばぬま》開拓をもくろみ、多大な金を費やしたが、幕府の財政を好転させるはずの新田はできず、かえって金蔵を逼迫させることになった。周囲の反対を権力で押し切ってまで、強行したため、田沼主殿頭への反発は強まり、庇護者家治の死とともに、幕政から排他され、罪を受けて隠居減禄のうえ、転封と凋落《ちょうらく》した。

柳沢吉里の六男を養子とした伊奈家も、数奇な運命をたどった。田沼の派閥に与《くみ》したことで、半左衛門はついに勘定奉行まで登りつめた。伊奈家の全盛である。また、その跡を継いだ伊奈家九代半左衛門忠敬も勘定吟味役上席の格を維持することができた。しかし、田沼主殿頭の失脚後、寛政四年（一七九二）、伊奈家十代左近将監忠尊《ただたか》に不幸が襲いかかった。

九代、十代と養子が続いた伊奈家に家臣たちが反乱を起こした。最初の火種は、柳沢家から入った九代伊奈半左衛門忠敬が熾した。忠敬は、安永三年（一七七四）、田沼主殿頭を通じて幕府から一万五千両を借りた。十五年後に返すとの約束だったこれを、忠敬は下賜されたものとして扱い、放漫に遣った。返済期限が来ても返そうとしない忠敬に、幕府から催促が来た。それを忠敬は蹴ったのだ。

「吾は五代将軍の血を引く者なり。すなわち伊奈は一門である。あの金は一門への下賜である。返せと言うならば、関東郡代の地位をかけて抗う」

忠敬の言葉は、家臣たちにとって恐怖であった。関東郡代という役目があればこそ、四千石の伊奈家は四万石の収入を与えられているのだ。役目を失えば、伊奈家は四千石の旗本に戻り、多すぎる家臣を放逐しなければならなくなる。

「年賦でよいとまで御上が仰せられておりまする。なにとぞ……」

家臣たちの嘆願も忠敬はきかず、四年後の安永七年、この世を去った。跡を継いだ忠敬の娘婿、寺社奉行板倉周防守勝政の弟忠尊も借金を無視しようとした。実質は金はまったく残っていないうえ、馬喰町の役宅が失火で焼失するなど出費が続いたせいであった。しかし、返済は幕府との約束である。したがおうとしない忠尊をいさめるべく、杉浦、会田ら、代々の重臣が板倉周防守へ、弟忠尊をいさめてくれと嘆願した。これが裏目になった。兄より叱られた忠尊は、杉浦らに激怒、蟄居謹慎降格を命じたのだ。

半左衛門忠宥以来ひびの入っていた君臣の間が、ついに壊れた。伊奈家の家臣たちが、連名で幕府に口上書をあげた。蟄居を命じられた家臣をふたたび重臣に戻し、伊奈家を正常な状態へ戻すよう、吟味を願ったのだ。

これを知った忠尊は、さらに激情を発し、口上書に署名した五十二名からの家臣全部を蟄居させ、主立った者を屋敷へ監禁した。

しかし、板倉周防守へ対処を一任しただけで幕府はまだ腰をあげなかった。それにとどめを刺したのが、忠敬の実子忠善であった。子供の居なかった十代忠敬の養子となっていた忠善が、失踪したのだ。忠善を養子にした後、忠敬に実子が生まれ、数年前から、伊奈家では跡継ぎを巡っての問題が起きていた。昨今の忠敬の狂気振りに身の危険を感じた忠善が、赤山陣屋見回りを口実に逐電した。こうなれば、幕府も見逃すわけにいかなかった。家中不行き届きを理由として、伊奈家は改易、忠尊は、南部藩へお預けとなった。

神君お分けものを守るという目的を持ち、強固な君臣の絆で続いてきた伊奈家の結末は、家臣たちの反乱による崩壊であった。

伊奈の名跡は、先祖の功を惜しんだ幕府によって、分家から忠盈《ただみ》が入って継いだが、関東郡代の役目は与えられなかった。

この作品は書き下ろしです。

幻冬舎時代小説文庫

●好評既刊

鳥羽　亮

首売り長屋日月譚
文月騒乱《ふづきそうらん》

抜刀した武士に追われる幼子を救った刀十郎と小雪が世過ぎの大道芸を披露している最中、胡乱な視線を送ってきた侍。後日、長屋に現れた男は、予想だにしない話を口にした。緊迫の第二弾！

●好評既刊

藤井邦夫

閻魔《えんま》亭《てい》事件草紙
婿養子

夏目倫太郎に婿入り話が持ち上がった。人柄を知りたくて聞き込みを行った倫太郎だが、衝撃の事実を知ってしまう——。事件の真相を戯作で暴く倫太郎の活躍を描く大人気シリーズ第三弾！

●好評既刊

米村圭伍

紅無威《くれない》おとめ組
壇ノ浦の決戦

桔梗と小蝶が浦賀水道で発見した瀕死の男。その今際の言葉、「鰐に船底を突き破られた」とは何を意味しているのか？　謎が謎を呼ぶ海賊騒動の予想外の結末に大興奮。人気シリーズ、第三弾！

●好評既刊

六道　慧

御家人風来抄
恋文

ひと仕事終えた同じ夜、賊に襲われた田原藩士・渡辺登を助けた弥十郎。三度にわたり起きた藩士襲撃の賊は風来屋を騙っていた。「月見の宴」に仕掛けられた罠を弥十郎は切り抜けられるのか？

●好評既刊

和久田正明

黒衣忍び人
邪忍《じゃにん》の旗

下野国早乙女藩内の廃村に、なぜか不逞の輩が集結。武田忍者の末裔・狼火隼人は、彼らの素性と狙いを探る。宿敵・柳生十兵衛も絡んだ暗闘が行き着く果てとは？　人気シリーズ、緊迫の第二弾！

関東郡代《かんとうぐんだい》 記録《きろく》に止《とど》めず

家康《いえやす》の遺策《いさく》

上田秀人《うえだひでと》

平成23年2月10日　初版発行
平成23年3月10日　3版発行

発行人――石原正康
編集人――永島賞二
発行所――株式会社幻冬舎
〒151-0051東京都渋谷区千駄ヶ谷4-9-7
電話　03(5411)6222(営業)
　　　03(5411)6211(編集)
振替00120-8-767643
印刷・製本―株式会社 光邦
装丁者――高橋雅之

万一、落丁乱丁のある場合は送料小社負担でお取替致します。小社宛にお送り下さい。
定価はカバーに表示してあります。

幻冬舎時代小説文庫

ISBN978-4-344-41632-1　C0193　う-8-1